推理要在晚餐後

目次

第一話　殺人現場請脫鞋

1

在公寓的某戶門口。寶生麗子按響門鈴後，掛著門鍊的門打開了一道狹窄的縫隙，窄縫裡露出一個男人的臉。麗子身旁的風祭警部迅速亮出警徽，門後的男人——田代裕也臉上的表情瞬間轉變。顯然，警方突然登門造訪似乎讓他相當意外，同時也感到非常不快。唉，這也沒辦法強人所難啊，麗子心想。很少有人能夠事先預知警察來訪，更別說會因此而感到歡喜的了。

「刑警先生找我有什麼事嗎？」

「不拐彎抹角了，」風祭警部擺起架子，告知此行的來意。「關於一位叫做吉本瞳的女性，我們有些事情想請教您。」

「這、請等一下，刑警先生。為什麼刑警先生要跑來問我這種事情呢？那女人在外頭做了什麼事情嗎？」

「哎唷，看您的樣子，莫非您還不知道？」風祭警部頓了一下，觀察對方的反應，然後告訴他說：「吉本瞳小姐，昨晚被人殺害了。」

「你說什麼！」田代裕也一臉愕然，他解開門鍊，套上鞋子走出門外。「我明白了。既然如此，我們換個地方再談吧。」

田代裕也並沒有招呼刑警們進入自己的公寓，反而立刻關上了門，彷彿連一步都不願讓外人踏入房間一般。

可是就在關上大門的前一刻，麗子已經看到了。在運動鞋與皮鞋隨地亂扔的玄關一隅，有一雙漂亮的白色高跟鞋。怪不得他不想讓我們進去，田代裕也大概是有新的女朋友了吧。麗子回想起昨天才看過的被害者。

遭到殺害的吉本瞳並不是穿著高跟鞋，而是長靴——

如果在國立市的命案現場附近見到一輛亮銀色 **Jaguar** 的話，那必定是風祭警部的愛車沒錯。畢竟在國立市，亮銀色的 **Jaguar** 可說是相當罕見，和殺人事件串在一起就更稀奇了——

十月十五日，星期六，晚上七點半。國立車站南出口，在這散發文化氣息的時髦城市中心，大學通整條路上有好多學生與通勤的上班族熙來攘往，好不熱鬧。但是在另一個方向，也就是車站北出口那兒，不過徒步數分鐘的距離，卻是一個散發著生活氣息的平凡住宅區，身穿制服的警察們來到北二丁目，把整條巷子擠得水洩不通。

那邊有棟三層樓的公寓。看來風祭警部已經先一步抵達現場了。寶生麗子剛下警車，一邊斜眼瞄了一下停在路旁的 **Jaguar**，一邊穿過禁止進入的黃色封鎖線，接著踏上鐵製的戶外樓梯，來到三〇四號。向站在門口的制服員警點頭示意之後，寶生麗子便踏進命案現場。那是個非常普通的單身套房公寓。在門口處有個小小的脫鞋區，沿著鋪有地毯的小走廊向前延伸，那位身穿英國製三件式西裝的風祭警部就站在走廊那頭。

「哎呀，總算來啦。我還在擔心妳是不是在哪裡迷路了呢，小姑娘。」

「對不起，我來晚了。」麗子雖然很坦率地低頭道歉，但是她也有絕不能退讓的堅持。「抱歉——可以請您別再叫我『小姑娘』好嗎？警部，被其他人聽到會亂學的。」

「哎唷，是嗎？」風祭警部歪著腦袋，好像覺得這沒什麼大不了的。

風祭警部今年三十二歲，單身。不過他並非一般的單身漢，他的父親是知名汽車製造大廠——「風祭汽車」的社長，換句話說，他是有錢人家的少爺。單身貴族這個稱呼放在他身上還真是恰如其分。在此同時，他還是一名隸屬於國立署的警察，職銜為警部。這奇特的身分交錯實在很難讓人正經看待他。如果有人問他。「你為什麼要當警察呢？」他肯定會一面露出遊刃有餘的笑容，同時說出更令人噴飯的答案。「其實我本來是想當職業棒球選手的。」不過這也未必是在開玩笑。因為，他當年在高中棒球界裡確實是個小有名氣的優秀選手。總之若是要用最簡單的幾句話來說明風祭警部的來歷，或許該如此形容吧。「假使棒球漫畫『巨人之星』的要角——『花形汽車』的小開花形滿，錯失了入選阪神老虎隊的機會，在莫可奈何的情況下又剛好通過了警官任用考試，從此順水推舟就當上了警官。」當然，也可以更簡化為「有錢人家的公子哥兒警部」。儘管這話要是被他本人聽到，肯定會惹他生氣就是了。

寶生麗子很不擅長應付這個警部，但風祭警部卻從來沒察覺到這點。麗子心想，這麼不懂察言觀色的人，居然也能當上警部，還真是個奇聞。

「被害人是住在這間套房的二十五歲派遣職員，名叫吉本瞳。妳過來看看。」

風祭警部指向走廊盡頭那道門。麗子打開那扇門，戰戰兢兢地踏進現場。那是一間大約三坪大小、鋪著木頭地板的房間。

屍體位於剛進房間的位置，身體呈大字型俯臥在地板上，幸好屍體沒有出血，看來被害人似乎是被勒死的。原本做好心理準備面對血淋淋的悽慘殺人現場的麗子，看到這種情況後，不禁按著胸口鬆了一口氣。在此同時，麗子對那具屍體，則是產生了微妙的第一印象。原因出在被害人身上穿著的衣物——牛仔布迷你裙搭配著鄉村風襯衫，背上還背著一個小背包，這顯然是要出門時的打扮。此外，被害人甚至還穿上了鞋子，正確的說，是棕色的長靴。在房間裡穿長靴，這的確很不尋常。

當麗子試圖在腦海裡整理現場狀況的時候，風祭警部在一旁發出了無謂的噪音——呃，應該說是寶貴的建言。

「假設被害人是在回家時遭到某人襲擊好了。被害人雖然拚命抵抗，但是力有未逮，在這房間內被犯人給勒死了，這是一般人都會做的推論。不過實際上卻並非如此。妳看這裡，寶生，從玄關通往這間房間的走廊上，沒有任何類似腳印的痕跡，而且這片木頭地板也同樣乾淨，可是，被害人明明就穿著靴子啊！妳不覺得這種情況很古怪嗎？」

就算你不說，打從第一眼看到現場的瞬間，我就發現異常之處了——麗子原本想這麼回嘴，但她知道這樣會壞了上司的心情，於是，麗子假裝出一副欽佩的樣子說道。「警部所言甚是，現場的情況確實相當古怪。這到底是怎麼回事呢？」

也許被害人是在其他地方遭到殺害，之後屍體才被搬運到這房間裡來也說不定。如果犯人把屍體扛在肩膀上搬運的話，走廊和木頭地板上面自然就不會留下被害人的腳印囉——麗子這麼想。這時，風祭警部開口說道。

「犯人大概是在別的地方殺害了被害人，然後再將屍體搬運到這個房間裡吧。如果扛著屍體搬運的話，當然就不會留下腳印了。」

他的意見跟麗子完全相同，麗子心中不禁萌生出一股著作權遭到侵害的感受。不過這都不重要了。總之，如果這項推理是正確的，那麼嫌犯人數就能夠一口氣減半了。意思是犯人必定是男性。畢竟，憑女人的力氣，要扛起屍體是極為困難的。就在麗子想到這裡的時候——

「沒錯，犯人是男性！」風祭警部又再次搶先說出口了。「憑女人的力氣，要扛起屍體是不可能的事情。而且，假使雙方沒有相當的體力差距，絕不可能在一對一的狀態下，迅速地完成勒斃對方的行為。犯人果然還是男性啊。」

「原來如此，真不愧是警部。」論起搶話的工夫，風祭警部可說是無人能敵。可是也不能一味的欽佩個沒完沒了啊。「警部，我認為這案子還不能斷定是男性單獨犯案。因為即使是女性，只要兩人同心協力，無論是勒斃對方的行為，或者是搬運屍體的作業，不也都能輕鬆達成嗎？」

「其實就算妳不說，打從第一眼看到現場的那一刻起，我就已經想到這個可能性。」

不，這根本是胡說八道！你一定是在我說出口之後才想到的吧！這個含著金湯匙出生的傢伙！

「妳覺得如何？寶生。」

「嗯，真不愧是警部。」

她的腦袋裡已經想不出其他的話了。寶生麗子果然還是不擅長應付風祭警部。

現場勘驗隨即開始，好幾個重要線索接連被揭露開來。首先，死亡時間推測在傍晚六點左右。死因一如想像，是遭到勒頸而窒息身亡。除此之外，找不到任何外傷或施暴的痕跡，用於勒斃被害人的凶器，推測應該是細繩之類的東西。

在等待屍體被運送出去的空檔裡，麗子重新觀察一遍被害人的房間。一片凌亂，就算是想美言幾句也說不出口——雖然說嫌棄人家房間很亂有點像是對遭到殺害的女性二度傷害，讓麗子覺得過意不去，但這的確是事實——書架塞滿了書，CD架上的CD也多到快滿出來，收納箱裡堆著至少一個月份的報紙，床上的棉被也維持著剛起床時的散漫狀態。不過，年輕女性的獨居生活大致上都像這樣子，所以也不值得大驚小怪就是了。

麗子一邊這麼想，一邊試著打開房間內唯一一扇鋁門窗。窗外是個半坪大的小陽臺，那兒拉起了一條晒衣繩，晾著諸如襯衫啦、牛仔褲啦、還有從內衣褲到運動鞋等各式各樣的換洗衣物。

不過風祭警部似乎不在意這些衣物，倒是對晒衣繩頗感興趣，他仔細地觀察繩子。

「用來勒斃被害人的細繩啊……」

聽了風祭警部的低語，麗子不禁冒出一股厭惡的預感。

「警部，您該不會是在想，犯人勒斃了被害人後，還把繩子掛在陽臺上，就這樣幫她晾起衣服來了吧？」

「不，我從沒這麼想過。」

不，他現在腦袋裡肯定正想著這種事情，麗子心知肚明。

「當作凶器的細繩，大概是被犯人帶走了吧。畢竟那東西體積不大。」

「是啊。」風祭警部很快地揮別了晒衣繩，並轉身回到木頭地板的房間內。「那麼，我們也差不多該向第一位發現者詢問事發經過了。」

第一位發現死者的女性，馬上就被找來了。她是住在同一棟公寓三〇一號的ＯＬ，名叫杉村惠理。她和被害人同樣都是二十五歲，據說兩人平時經常一起喝酒，也就是所謂的酒友。她在晚上七點左右照慣例來約吉本瞳一起喝酒，結果發現了異狀。

「房間的門沒上鎖。平常她是個比一般人更小心門戶的人，所以絕不可能會忘記鎖門才對。我以為小瞳人在家裡，就在門口試著叫她出來，可是卻沒有回應。房間裡很暗，感覺不出有人在的氣息。不過仔細一看，走廊盡頭的門是開著的……而且好像有人倒在門後面。當時我嚇了一跳，趕緊衝進房裡……打開燈一看，果然是小瞳……」

對友人的死感到驚愕不已的杉村惠理，馬上用自己的手機打了一一〇報案。雖說把第一發現者視為可能嫌犯是調查的鐵律，不過，杉村惠理的語氣卻感覺不出任何不自然的地方。如果她所說的都是事實，那麼被害人遭到殺害後，只過了短短一個鐘頭就被發現了。要是杉村惠理沒有來訪的話，這起案件恐怕會拖到明天以後才會曝光吧。

風祭警部和寶生麗子詢問完杉村惠理後，便暫時離開三〇四號，四處向附近居民打聽消息。所幸事件發現得早，他們取得了一些重要的證詞。首先是這棟公寓的房東，自己住在一樓的中年男性河原健作，他供稱「曾經在被害人生前見過她」。

「那是在我要去拿信箱裡的晚報時發生的事情。這棟公寓的信箱統一設置在戶外樓梯的一樓，在那裡我碰巧遇見了剛回家的吉本小姐。她獨自從車站的方向走回來，然後經過我的身旁。是啊，沒錯，她穿著牛仔布迷你裙配上棕色長靴。」

「那是幾點發生的事情？」風祭警部一邊自豪地炫耀著勞力士錶，一邊問道。

「那時，五點開始的電視節目剛播完不久，所以大概是傍晚六點左右吧。」

被害人死亡的推測時間正好是傍晚六點左右，風祭警部的聲音變得更緊張了。

「那時吉本小姐看起來怎麼樣？你有跟她說過話嗎？」

「有啊，我打了聲招呼說『妳回來啦』，可是她卻露出有點猶豫的表情，含糊的回了聲『你好』，然後就用小跑步跑上樓梯了。聽你這麼一提，現在回想起來，她的樣子確實是有些奇怪。平常的她態度和藹可親，看到我這個房東，一定都會好好打招呼的。」

「遇見她之後，你在做什麼？」

「當然是馬上回自己房間啊。我可沒說謊喔——如果你懷疑的話，不妨去公寓對面的水果行，問問那兒的老闆好了。我遇見她的時候，水果行的老闆剛好走出店門口。」

於是兩人立刻前往公寓對面的水果行。水果行老闆供稱「我確實有看到河原先生和一個年輕女性在信箱前擦身而過」，並且作證說「河原先生就這樣直接回自己家裡去了」。不過，水果行老闆也不是整天盯著公寓瞧。所以從他口中並沒有得到更進一步的情報。

接著刑警們從住在公寓二樓的大學生——森谷康夫那兒問出了貴重的線索，他表示「曾經聽到疑似犯人的腳步聲」。

「如同兩位所看到的，我的房間二〇一號就在樓梯旁邊。所以上下樓梯的聲音聽得非常清楚。這樓梯是鐵製的，原本就很容易發出聲響。而且我聽到的腳步聲又特別吵，感覺就像是噠噠噠噠衝下樓梯的聲音。沒錯，不是爬上樓梯，那是衝下樓的腳步聲。這點絕不會有錯。那個時候我還不以為意，可是三樓不是發生了殺人事件嗎？我忽然想起那說不定就是犯人逃走時的腳步聲呢。呃，你問那是什麼時候的事情？我想，大概是傍晚六點左右吧。」

這也和作案時間完全一致。

「你還有聽到其他腳步聲嗎？」

「這個嘛，也許有也許沒有，但我沒印象了。我只是剛好記得傍晚六點曾傳來急促的腳步聲而已。」

到頭來，森谷康夫對其他腳步聲並沒有特別留下什麼深刻印象。

兩位刑警結束訪查後，再度爬上樓梯，前往三樓的現場。

「警部，」麗子在上樓的途中問道。「森谷康夫聽到的腳步聲，真的可以視為是犯人逃走時的腳步聲嗎？」

「不，現在下定論還太早了，寶生。說不定只是個和事件毫無關聯的冒失鬼，碰巧在案發時間急著衝下樓梯而已。」

這樣的確是很容易混淆，不過實際上真的有可能發生這種事情。

「可是警部，河原健作的證詞很重要，這點無庸置疑。傍晚六點左右，返家的吉本瞳和河原健作在信箱前擦身而過，直到那一刻為止，她都還活著，之後她才遭到殺害。換句話說，在沿著這個樓梯爬到三樓，經過走廊抵達三〇四號門口，剛進入玄關、還沒脫掉長靴之前的這段短暫時間內，她就被人殺害了，然後，犯人把屍體扛進了木頭地板房間裡。應該是這樣解讀吧？警部。」

既然被害者是在穿著長靴的狀態下死去，這樣推理是最理所當然的。可是，風祭警部卻用揶揄著麗子的口吻說道。

「哼哼，那可不一定喔，寶生。」他輕輕嗤笑幾聲，感覺就像是在模仿曾飾演過名偵探明智小五郎的天知茂，只見風祭警部皺著眉頭，說出他的推理。「假如犯人是在木頭地板的房間內殺害了吉本瞳，然後為了擾亂調查，在事後才讓屍體穿上長靴——故意讓整起犯行看起來像是發生在房間外一般——這樣如何呢？我認為這十分有可能喔。」

「不，我不覺得是這樣，警部。」麗子立刻反駁。「因為要給屍體穿上長靴，可不像嘴巴上說的那麼簡單。況且被害人穿的長靴又是綁鞋帶的款式，那種長靴，光是自己穿上就已經夠麻煩了。想替屍體穿上長靴，那實在太費時也太費事了。我怎麼樣也不覺得有哪個殺人犯會這樣大費周章的布置現場。」

「當然，我的意見也跟妳相同。」風祭警部隨即附和道。「什麼讓屍體穿上長靴，再怎麼愚蠢也該有個限度嘛。如果真的有這麼回事的話，屍體一定會呈現不自然的狀態，在驗屍的時候就會立刻被發現疑點了。沒錯，事後讓屍體穿上長靴是不可能的。不可能。我說得沒錯吧？寶生。」

「……是，警部您說得一點也沒錯。」

不到六十秒之前，的確有個人一邊眉頭深鎖，一邊說什麼「我認為這十分有可能喔」。那個人到底是誰啊？風祭警部的態度轉換之快，讓麗子不禁瞠目結舌。

當兩人再度回到三〇四號的現場時，一位刑警彷彿早已等候多時，快步走向風祭警部身邊。

「在被害人的電腦桌抽屜裡發現了這個東西。」

那是一張相片與一支鑰匙，但鑰匙並不是這棟公寓的鑰匙。這棟公寓雖然老舊，唯獨門鎖採用了防盜性極佳的最新產品，眼前的鑰匙顯然跟門鎖鑰匙搭不上邊。

「喔。」風祭警部彷彿被挑起了興趣，將臉湊近相片。「這不是吉本瞳和年輕男性的合照嗎？原來如此，被害人有個正在交往中的男友啊。如此說來，這支鑰匙就是那個男人的住所鑰匙囉——哼哼，這下有趣了。」

麗子也聽懂了風祭警部沒說出口的弦外之音。就像兩人方才討論過的一樣，在這次的事件中，凶手是男性的機率很高，而且感情方面的糾葛，本來就很容易成為殺人動機。

「被害人的男友最有嫌疑了。」風祭警部興高采烈地這麼說完，又丟下一句「總之先給杉村惠理看看吧」，隨即拿著相片衝出了房間。

「啊啊，這個人！」看了這張照片之後，杉村惠理露出一副了然於心的表情，馬上回答道。「小瞳半年前曾經在某家公司當過派遣職員，這個人就是那間公司的人。我記得名字好像叫做田代……田代裕也。」

2

於是隔天禮拜天，風祭警部與寶生麗子立刻前往造訪田代裕也的公寓，並且和他來到住家附近的咖啡廳面談。
田代裕也，三十三歲。年紀輕輕便在知名的機械製造商擔任總務部課長，是個菁英幹部。重新在近距離觀察他，會發現田代裕也的打扮並沒有放假在家時的邋遢，容貌也相當端正，想必是相當受女性歡迎的類型。身為派遣職員的吉本瞳會被這個男人的外表與菁英頭銜所吸引，那也是可以想見的，麗子這麼思索著。當然，這種程度的容貌與頭銜，對麗子來說絲毫感受不到任何魅力。再說，要是對身分地位這種東西過度敏感的話，那又怎麼能和「風祭汽車」的少爺做搭檔呢。
當三人中的其中兩人正打算點調和式咖啡時，這位風祭警部旁若無人的打斷他們，並且擅自點了三杯「藍山特選」，之後便厚臉皮地開始詢問起來。
「——所以說，你承認以前曾經和吉本小姐交往過囉？田代先生。」
「是啊，沒錯。我和她在一年前開始交往。她被派遣到敝公司後，我們馬上就變得很要好，不過在半年前已經分手了。這也沒什麼啦，只是自然而然分開。身為派遣職員的她，在敝公司工作大約半年後，又轉調到其他公司。在那之後，我們就逐漸變得疏遠。」
「原來如此。可是既然如此，為什麼吉本小姐要這麼小心翼翼保留你的相片呢？不，不光只有相片，吉本小姐甚至還留著這個東西。」
風祭警部在田代的鼻尖前亮出那支鑰匙。
「田代先生，這該不會就是你房間的鑰匙吧？」

田代瞥了一眼風祭警部出示的鑰匙後，很乾脆地承認了事實。

「看來似乎是這樣，那又如何呢？」

「那我就直問了。你和吉本小姐的交情深到甚至交換了彼此房間的鑰匙，雖然你聲稱早就已經分手了，但實際上兩人的關係仍然持續著，不是嗎？所以她才會到現在還留著你的鑰匙。我有說錯嗎？」

「不是這樣。」之前一直保持冷靜的田代裕也，聲音中出現了慌亂。「我和她確實交換過鑰匙。不過她之所以到現在還留著我的鑰匙，只是因為當初分手時，我錯失了拿回來的機會罷了。這種情況不是很常見嗎？而且，就算我承認了又如何？假使真的如同刑警先生所言，我和她的關係還是藕斷絲連，那又怎麼樣呢？難道您想說是我殺了她嗎？」

雖然麗子覺得他坦白的時機來得太早了，不過拜此所賜，話題出乎意料地順利進展。

「別生氣、別生氣，我們也不是在懷疑你啦。」風祭警部說了幾句在這種場面下常用的陳腔濫調之後，便直搗核心問道。「話說回來，田代先生，你昨天傍晚人在哪裡呢？」

「這是在調查不在場證明嗎？哼，那好吧。不知道該不該說是幸運，昨天傍晚我和公司的釣友約好一起去釣魚，地點是平塚的湘南海岸。中午我們坐著朋友的車出發，下午三點左右抵達平塚的釣場，然後就一直盡情地釣到晚上。」

「喔，釣魚釣到晚上啊。」風祭警部突然換成了親切的語氣。「那麼昨晚應該很辛苦吧？畢竟平塚下起了大雨呢，釣場那邊沒下雨嗎？」

「哈哈哈，刑警先生，您想套我的話是沒用的。的確，昨天天氣預報說入夜後整個關東地區都會下雨，但是天氣預報完全不準。平塚那兒連一滴雨都沒下。國立市這邊也沒下雨，不是嗎？刑警先生。」

「啊啊，這麼說來，確實是這樣沒錯。」

「我就說啦，昨天晚上我們可是舒舒服服地享受著釣魚的樂趣呢，然後就直接在車上過夜，等我回到國立市時，已經是今天早上了。沒錯，我當然是一直跟朋友們在一起。話說回來，刑警先生，吉本瞳是什麼時候被殺害的呢？」

田代裕也像是在誇耀勝利似地反問道。另一方面，期望徹底落空的風祭警部只能一臉苦澀地啜飲著端上來的咖啡。

在那之後，風祭警部和寶生麗子為了驗證田代裕也的證詞，又到處尋找他的釣友問話。不過這份努力最後卻沒有回報，只能證明他的不在場證明完美無缺。

兩人在天色完全暗下來之後才回到國立署，然後重重地坐在椅子上，沉默了好一會兒，彼此都沒有挑起爭辯的力氣了。過了一會兒，在凝重的空氣之中，風祭警部無力地出聲說道。

「哎呀哎呀，結果今天的收穫，就只有查出最可疑的田代裕也他不是犯人啊。這下子調查又回到了原點，從明天開始又得重新調查了——唉唉，寶生，」警部一邊鬆開領帶，一邊對麗子說。「妳可以回去了。昨天妳也是在署裡過夜對吧？操勞過度對皮膚不好喔，小姑娘。」

「唉。」雖然警部難得的關心很讓人高興，但被他喚做「小姑娘」，又把那一點點高興的心情給打消了。她寧可不要這樣的綽號。話雖如此，現在的麗子也沒有力氣可以抱怨了。她確實已經筋疲力盡。「承蒙您的好意，那我今天就先回去了。」

「啊啊，就這樣吧。那我開 **Jaguar** 送妳回去——」

「不必了！」

麗子斷然拒絕。正想從椅子上起身的風祭警部，便洩氣地坐了回去，連同椅子一起轉向正後方。

寶生麗子獨自步出國立署。國立市向來以洋溢著時髦感與清潔感的街道著稱，在中央線的沿線都市之中，是個非常亮眼的都市。不過，實際上市公所等公務機關卻是設在南武線沿線，因此也常被歸類為南武線沿線都市。只是國立市的市民很不喜歡這種稱呼，總之就是所謂的形象問題，這已經偏離重點了——

麗子斜眼看了看市公所的建築物後，便往南武線谷保車站方向前進。武藏野的冰冷空氣令人感到秋意漸濃，讓疲倦的身體感到非常舒暢，不過，她滿腦子都還是想著案件的事情。假使田代裕也是清白的，那麼這回的吉本瞳遇害事件就變得相當棘手了。首先是作案動機不明，犯人的行凶手法也還弄不清楚，再加上這次負責指揮調查的又是風祭警部……總覺得有種身陷迷宮難以脫身的感覺——

不，其實這絕不能怪風祭警部無能。再怎麼說，警部還太年輕了，可是，他要是能更謙虛地傾聽部下的意見，或是能再更謹慎一點，再多些協調性的話那就好了。啊，還有，真希望他不要老是擺出一副炫耀財力的態度，另外，那種形同性騷擾的語氣也該節制一點。畢竟，隨口叫職業女性「小姑娘」實在太沒禮貌了！你當自己是三野文太在主持節目嗎？

「嘿咻！」麗子氣得踢了路旁的小石子一腳，被彈飛的小石子，不偏不倚命中停在路旁的車子——一臺純黑色的進口轎車，而且還是全長七公尺左右的豪華禮車——側面，發出了一聲沉悶的金屬聲。「嗚，糟糕！」麗子用雙手摀住嘴這麼說道。

這時，駕駛座的門打開了，車裡走出一位身材高瘦的男性，年紀約三十五歲左右。那一身會讓人誤以為是喪服的黑色西裝打扮，看起來既像是家世顯赫的人物，又有點像是酒店外頭負責拉客的店員。男人銳利的視線穿過銀框眼鏡，朝麗子的方向瞥了一眼之後，就這樣面不改色地單膝跪在車身側面，確認車體的傷痕。

「對不起。」麗子戰戰兢兢地走近男人身邊，然後低頭道歉。「修理費要多少呢？」

「請不要擔心，頂多七、八十萬吧。」男人若無其事站起身來，並朝麗子的方向恭敬地彎腰鞠躬。「這只不過是小擦傷而已，大小姐。」

「是嗎？這可真是不幸中的大幸啊。」麗子輕輕地嘆了口氣，然後望向黑得發亮的高級轎車。「太好了，還好不是別人的車──話說回來，影山。」麗子重新面對穿著黑色西裝的男人。「你是特地來接我的嗎？」

「正是如此。我想您也差不多該回來了。」

「你的直覺還真靈啊，一定能成為一個好刑警的。」

「哪裡哪裡。」被叫做影山的男子誇張地搖了搖頭。「在下是寶生家的管家兼司機，根本無法和大小姐這樣才華洋溢的高貴之人相提並論。什麼刑警實在是太抬舉我了──」

「你還是一樣會說話呢。」麗子調侃似地說。

「沒這回事。」影山困窘地扶正眼鏡。「總之，請您上車吧，大小姐。」

影山用管家一般俐落的動作，護送麗子坐上轎車。「謝謝。」麗子也像寶生家的千金一樣輕輕點頭道謝，並且打算用極為優雅的美姿坐進車裡，不過，從昨晚到現在，一連串的繁重工作讓麗子疲倦到了極點。她一頭栽進彈性十足的座椅中，連動也不想動了。

「欸，影山啊，我要小睡一下，你就開著這輛車隨便晃個一小時吧。」

聽到麗子超任性的命令後，影山從駕駛座上回了一句「遵命」。

麗子橫躺在座椅上，盡情伸了個懶腰。即使如此，L型的座椅還是有很大的空間。不久，麗子一邊感受著轎車令人愉悅的晃動，一邊陷入了短暫的淺眠。握著方向盤的影山，則是遵照麗子的命令，就這樣慢慢地開了一個小時的車，最後返回位於國立市某處的豪華洋房——寶生邸。

沒錯，國立署的女刑警——寶生麗子絕不是什麼「小姑娘」，而是貨真價實的「千金大小姐」。

3

用過鮮蝦扁豆沙拉、海鮮湯、番茄燉雞，以及迷迭香烤小羔羊等輕食做為晚餐後，寶生麗子來到可以環視夜景的大廳，輕鬆地在沙發上坐了下來。

平日身為刑警的麗子，總是把 Burberry 長褲套裝當成像是在庶民百貨公司「丸井國分寺分店」買來的平價商品一樣，打扮得十分簡單樸素，竭力維持著符合刑警的踏實印象。不過，一旦回到了自己家裡，她多半會換上強調女人味的連身洋裝放鬆自己。如果風祭警部目擊了這身打扮的麗子，他大概也認不出這就是自己每天都會見到的部下吧。風祭警部並不知道麗子是「寶生集團」總裁寶生清太郎的獨生女。

「老爺總是十分擔心當上刑警的大小姐您啊。」管家一邊將年份久遠的紅酒倒進綻放著寶石般光芒的玻璃杯裡，一邊說道。「好比說，大小姐現在是不是正和凶惡的匪徒在多摩川河邊展開槍戰呢？現在是不是正拿著裝有贖金的皮包，在國立市的鬧區裡穿梭呢？現在是不是正在府中街道的狹窄道路上，演出飛車追逐戰呢？老爺每天嘴巴上都這麼念著，擔心到幾乎無心工作呢。」

「喔，是嗎？」要是他被這種脫離現實的妄想所控制的話，別說是工作了，就連日常生活都會成問題吧。或許請醫生來看看比較好，真是個讓人傷腦筋的父親啊。「告訴父親我沒事，請他儘管放心吧。我現在的工作跟槍戰、贖金、還有飛車追逐戰一點關係也沒有，只是普通的殺人事件啦——雖然有點奇怪就是了。」

「您說的有點奇怪是指？」

「就是屍體還穿著鞋子這一點——唉唉，不過若是考慮到屍體被人動過了，那也就沒那麼不可思議了。可是啊，為什麼犯人要大費周章地移動屍體呢？這我就不懂了，而且我也不明白，吉本瞳為什麼非得遭到這樣的毒手不可——你懂嗎？影山。」

「不，光聽您的說明，我完全摸不著頭緒。」管家一臉抱歉似地緩緩搖頭，然後眼鏡底下的雙眸一瞬間亮了起來。「不過，假如大小姐願意撥冗道出事件的來龍去脈，那麼在下或許就能提供自己的見解也說不定。」

聽他這麼說道，麗子感到非常驚訝。這個名叫影山的年輕管家，只在寶生家工作了一個月。所以麗子還不能算是真正的瞭解他，不過真要形容的話，這男人感覺上就像是用「嚴謹耿直」這幾個字描繪出來的一樣，甚至帶給人一種時時謹慎、不讓自己的想法和感情流露在外的印象。至少，在犯罪調查這方面，怎麼看都不覺得他像是那種會說出「在下或許就能提供自己的見解也說不定」的那種人。然而麗子答應了影山的要求——

「好吧，那我就從頭到尾說給你聽。」

一來，麗子對影山的想法很有興趣，再者，透過和人討論，也可以加深對事件的理解，過去自己疏忽的盲點說不定會就此豁然開朗。像影山這種一板一眼、口風又緊的男人，作為討論案情的對象，實在是再理想也不過了。

「事件發生在昨天傍晚六點左右，警方接獲報案的時間是七點。遭到殺害的是一位叫做吉本瞳的女性，二十五歲——」

麗子坐在沙發上一五一十地說起了案件的詳細內容，過程中還不時啜飲玻璃杯中的紅酒。雖然麗子這段故事很冗長，但影山卻謹守管家本分，站得直挺挺的認真聆聽。好不容易，麗子才談到田代裕也擁有不在場證明，導致調查又回到原點，敘述才告一段落。

「怎麼樣？影山。你有想到什麼嗎？就算是再怎麼微不足道的小事也行喔。」

「是。」影山用指尖推了推眼鏡鏡框，同時露出了猶豫的表情。「大小姐，真的可以把我想到的事情說出來嗎？」

「當然囉。」麗子以鼓勵的語氣說道，對管家露出溫柔的微笑。「別客氣，想說什麼儘管說吧。」

「真的可以嗎？」影山慎重地再確認一次。「那麼在下就老實說出自己想到的事了。」

鞠躬行禮之後，他將臉湊近坐在沙發上的麗子，接著，不假修飾地道出了心中的看法。

「請恕我失禮，大小姐——連這點程度的真相都想不通，大小姐您是白痴嗎？」

「……」數秒，抑或是數分鐘的沉默，填滿了現場的氣氛。

麗子自己往玻璃杯倒入紅酒。然後拿著玻璃杯站起身來，就這樣靜靜地往窗邊走去。從矗立在高地上的寶生邸內，可以一眼將如同點點燭光一般的國立市夜景盡收眼底。這片景色無論什麼時候看都一樣美麗，怎麼看也看不膩，讓人感到心情舒暢。好，沒問題，我很冷靜——麗子做了個小小的深呼吸之後，便重新面向影山，慎重地開口說道。

「開除開除！我一定要開除你！開除開除，開除開除開除，開除開除開除開除！」

「好了好了，請您不要那麼激動，大小姐。」

「我怎麼能不激動啊！」麗子拿著玻璃杯的手不停顫抖，紅色液體從玻璃杯的杯緣灑落出來。「我居然被個管家當成笨蛋耍，這怎麼可以！這種事還是頭一遭聽到啊！」

「不，我絕對沒有把大小姐當成笨蛋耍的意思……」

「是啊，是啊，就是說嘛！」麗子一邊誇張地點頭，一邊開始在管家的周圍繞起圈子。「你的確是沒有把我當成笨蛋耍，因為你是叫我白痴！不是笨蛋，而是白痴——所以我要開除你！就這麼決定！你現在馬上滾出這個家。別擔心，行李之後會寄給你的。好了，快點滾出去吧。」

麗子筆直地伸手指向大廳的出口，於是影山謹守管家本分，恭敬地行禮，他回答了一句「我明白了，在下就此告辭——」然後便靜靜轉身離去。

不過，就在影山即將踏出大廳前，麗子慌慌張張地朝著他的背後大喊。

「你——你給我等一下。」

「是。」彷彿早已預料到會被叫住一般，影山以流暢的動作重新轉身，面對麗子。「您叫我又有什麼事情嗎？大小姐。」

這傢伙真會裝蒜！麗子裝出一副面無表情的模樣，悄悄地咬緊下脣。

「你剛才說我是白痴對吧？照這麼說，意思是你可以輕易看出這起事件的真相囉。」

「正是如此，這起事件並沒有那麼困難。」

「你還真有自信啊。」麗子帶著非常不快的心情望著管家影山。麗子的立場很微妙，身為大小姐的她，難以容忍管家的僭越態度，但是身為刑警的她，卻又不能不聽聽影山的意見。結果，麗子最後屈服在身為刑警的身分之下。「既然你這麼有自信，那我就姑且聽聽看吧。犯人到底是誰呢？」

「犯人是誰還不能明說。」沒想到影山卻給了這個意外的答案。「因為現階段就算在下說出犯人是誰，我想大小姐還是無法理解吧。」

「你說什麼！」從某個角度來看，剛才這句話的無禮程度，足以和稍早那一句「您是白痴嗎？」相匹敵。「你是說，因為我無法理解，所以還不能說出犯人是誰嗎？是啊，我還真是完全無法理解呢，我根本搞不清楚你在想什麼——」

接著，麗子挫敗地說出了無論就大小姐或是刑警的身分來看，都非常屈辱的台詞。

「求求你，解釋得讓我也能聽懂吧。」

彷彿就等著麗子說出這句話一般，影山的嘴角浮現微笑，然後重新對著麗子深深的鞠躬行禮。

「遵命，大小姐。」

4

「這回的事件會變得很棘手的原因之一，是住在公寓一樓的房東，河原健作的證詞。」

麗子回想起河原健作的證詞。河原健作在信箱前遇見了從車站方向走回家的吉本瞳。他指稱那是傍晚六點發生的事情。

「我不覺得他的證詞有什麼奇怪的地方啊。」

「那麼我請問您，為什麼吉本瞳在遇見河原健作的時候，並沒有查看自己的信箱呢？我認為外出回家的人一般都會這麼做。您不覺得很不可思議嗎？大小姐。」

「呃，這個嘛——」面對這個出乎意料的問題，麗子找不到合適的答案。「會不會只是忘了啊？」

「或許是這樣也說不定。那麼，這裡又有另一個問題了。為什麼她在河原健作打招呼說『妳回來啦』的時候，會帶著猶豫的表情，含糊地應了一聲『你好』呢？那並不是個會讓人感到困擾的狀況。只要很普通地說聲『我回來了』然後上樓，這樣不就好了嗎？」

「的確是這樣沒錯，這點河原健作也感到很不可思議。影山，你覺得是為什麼呢？告訴我你的想法。」

「雖然河原健作指證說『遇見了返家的吉本瞳』，但實際上卻並非如此。」

「你說什麼！那麼河原遇見的又是誰？」

「當然是吉本瞳。」管家不顧麗子急切的心情繼續說道。「只不過，那並不是『返家的吉本瞳』，而是『正準備要出門的吉本瞳』。」

「你到底在說什麼啊？吉本瞳從車站方向走回來，遇見河原健作後，就直接爬上樓梯了。她顯然是要回家不是嗎？」

「事情未必是這樣的，大小姐。所謂走回自己家的行為，未必就是指返家，也有些時候，人們是為了出門而回家。」

「為了出門而回家……？」不知道為什麼，麗子總覺得這種說法聽起來很繞口。「這話是什麼意思？」

「好比說，打算去公司上班的上班族，在車站的剪票口發現忘了帶回數票，只好暫時先回家一趟。又好比說，打算去學校上學的小孩子發現忘了帶課本，只好暫時先回家一趟。又或者說，打算去買菜的蠑螺太太（註1）在街上發現忘了帶錢包，只好暫時先回家

1　サザエさん，日本家喻戶曉的卡通人物。

一趟。在各種各樣的情況下，人們常常像這樣，為了出門而不得不回家，恐怕吉本瞳也是這樣，為了出門不得不暫時回家一趟吧。這樣一想，之前的疑問就漂亮地解決了。」

「啊……」原來如此，正準備出門的人，自然就不會去注意信箱裡有什麼東西了。就算這個正準備出門的人，聽到有人對自己說「你回來啦」，也不可能回答「我回來了」，只好用曖昧的態度含混帶過。「聽你這麼一說，的確是這樣沒錯。」

「真不愧是大小姐，您理解得真快。」影山輕輕地鞠躬表達敬意。「那麼大小姐應該也已經明白了吧。住在公寓二樓的大學生，森谷康夫在證詞中提到的『感覺就像是噠噠噠噠衝下樓梯的聲音』，您應該也看出那是從何而來的了，對吧。」

「這個嘛……那其實不是犯人的腳步聲？」

「是的。那根本就不是什麼殺人犯逃亡時的腳步聲，只是正要出門的吉本瞳，穿著長靴急忙衝下樓梯的聲音罷了。」

「唔！」麗子這才感到震驚。「是啊，這我當然知道。」然後馬上說謊敷衍過去。「對，就是這樣沒錯。畢竟，殺人犯不太可能在離開現場時還招搖地發出那麼大的腳步聲。大學生其實聽到的是吉本瞳出門時的腳步聲，那就說得通了。這樣一來——」

麗子暫時先整理一下截至目前為止的推理。

「星期六的傍晚六點左右，吉本瞳並不是要回家，反而是準備出門。可是她在前往車站的途中，卻發現有東西忘了帶，於是花了幾分鐘折返公寓。不過，如果真是這樣的話，她到底是忘了帶什麼東西呢？」

「關於這點，我也說不出個名堂。」

這也不無道理。被害人平常隨身攜帶著什麼，那天又忘了什麼，就連麗子也沒有頭緒。被害人的隨身物件之中有錢包和手機，所以可以斷言是除此之外的東西——正當麗子想著這些小事的時候，管家說出了意外的話語。

「不過，光聽大小姐方才的描述，就可以得知吉本瞳顯然忘了一樣東西。她恐怕就是為此才折返回家的。」

「咦，什麼？是什麼東西？」麗子十分驚慌。剛才說過的話，有哪個部分暗示著吉本瞳忘記的東西嗎？這點就連麗子自己也猜不出來。「她忘記的東西，是放在哪裡呢？」

「就在陽臺。」影山說話的語氣，彷彿是自己親眼看到了一般。

「陽臺？的確，陽臺上有各式各樣的東西——有襯衫、牛仔褲、內衣褲、還有運動鞋——她忘了的東西到底是什麼呢？」

「是陽臺上所有的東西。」這麼說完後，影山望向麗子。「大小姐，您還記得星期六晚上的天氣預報嗎？」

「咦，天氣預報？我記得是說禮拜六晚上整個關東區域都會下雨——雖然預報不準就是了——呃，所以她忘記的東西是！」

「是的。她忘記的東西是陽臺上的衣物。正確的說法是，忘了把那些衣物給收進來。

當她離開公寓，朝車站前進時，看到天色陰暗，回想起天氣預報，然後又想到陽臺上的那些衣物沒有收。所以她調轉方向，沿著原路返回公寓。」

「原來如此，這倒是很合情合理。」雖然麗子一度感到佩服，但馬上就察覺到最根本的問題。「不過仔細一想，你的推理實在是沒什麼意義。因為無論被害人是回家時遭到殺害，或是想要把衣物收起來而折返回家時遭到殺害，兩者都是一樣的吧。」

「但是實際上卻並非如此。這個問題牽扯到那雙長靴。」

「這話怎麼說？」

「請您設身處地想想看。假設大小姐在穿著長靴外出的途中，突然發現忘了把晾在陽台的衣物給收進來，於是您折返回自己家中。進入玄關之後，大小姐會怎麼做呢？」

「那還用說，當然是把影山你叫過來，命令你『把晾在外面的衣服收進來』啊。」

「啊——」影山一瞬間無言以對。「啊啊，是啊，如果是大小姐的話，的確是會這麼做沒錯。」影山不得不佩服地點了點頭，並用指尖撫摸著下巴。「可是，吉本瞳身邊並沒有像我這樣的管家。換做是她的話，您認為她會怎麼做呢？」

「還能怎麼做，不就是脫了靴子走進房間，然後把陽臺上的衣物收進來啊。也只能這樣了吧。」

可是影山卻緩緩地搖了搖頭。

「的確有很多人會這麼做。不過另一方面，也有為數不少的人認為這種做法缺乏效率，因而採取了其他做法。就某種層面來說，這是大小姐從來不會選擇的做法，所以您想像不到，這也是可以理解的。」

「我想像不到？」事實上麗子還真的想像不到。「到底是什麼做法啊？」

「沒什麼，其實很簡單。就是在穿著長靴的狀態下趴在地上，用手掌和膝蓋撐起身體，小心翼翼不讓靴子碰到地上，然後像狗一樣用四隻腳前進。雖然用這種姿勢爬遠距離會很辛苦，但如果是單人套房的大小，用這種方式就足以行動了。缺點是爬行的樣子不好看，不過若是一個人住的話也沒什麼好在意的了。更重要的是，用這種方式就不必特地脫鞋。如同大小姐之前說過的，穿脫長靴是非常麻煩的事情，使用這招反而好處多多。我猜，吉本瞳也是想省下脫去長靴的功夫，所以使用了這種方法吧。她匍匐在走廊上，像狗一樣爬進了位於走廊盡頭的木頭地板房間——就在穿著長靴的狀態下。」

「呃，也就是說，吉本瞳是自己爬進木頭地板房間的囉。不是什麼人先殺了她之後再搬進去的。」

「是的，吉本瞳不是遭到殺害之後才被搬進去的，而是自己進入了木地板房間，在那裡被某個人突然從身後勒住脖子殺害的。她當時一定嚇呆了吧，畢竟那個不可能有人的房間裡，突然冒出一個人。可是，由於她處於匍匐爬行的狀態，無法立刻反擊，所以她連發出慘叫聲的機會都沒有，就這樣輕易地遭到殺害了。如此一來，『女性穿著長靴在房內遭到殺害』這種特殊的案發現場就形成了。」

「唔、原來是這麼回事啊。」聽了管家影山的推理後，麗子不禁咂舌讚嘆。雖然影山膽敢用白痴這字眼稱呼雇主的千金，讓麗子忍不住火大，但她也不得不認同影山的推理。

「不過，你該不會連犯人是誰都已經知道了吧？」

「當然，假設剛才的推理都是正確的，那麼我也大概猜出犯人的身分了。您都明白了嗎？大小姐，吉本瞳離開房間出門去了，幾分鐘之後又折返回來。犯人就是在這幾分鐘之內入侵了她的房間，也就是三〇四號。到這裡為止都沒問題吧？」

「嗯，這我懂。」

「然而，公寓的門鎖是防盜性極佳的最新款式，不是那種闖空門的小偷能夠在幾分鐘之內輕易破解的東西。」

「是啊，你說得對。我也不覺得犯人有大費周章去開鎖。」

「那麼，會是吉本瞳忘了上鎖嗎？但是聽大小姐的描述，這種可能性也很低。吉本瞳是『比一般人更小心門戶的人，所以絕不可能會忘記上鎖』。那個第一位發現現場的杉村惠理是這麼斷言的。」

「的確是這樣沒錯，吉本瞳出門時應該有上鎖才對。」

「儘管如此，犯人卻還是在短短幾分鐘之內就入侵到她家裡面。由此可以導出一個結論，那就是犯人持有三〇四號的備份鑰匙。」

「備份鑰匙——」聽到這個字眼時，麗子的腦海裡浮現出一個人物。和吉本瞳關係深到可以互相交換鑰匙的男人。「是田代裕也——他果然就是犯人嗎？嗯嗯，不過那是不可能的喔，影山。因為他擁有完美的不在場證明。」

「是的，田代裕也並不是犯人。」

「那麼，該不會是房東河原健作吧？房東應該也有一副備份鑰匙才對。」

「可是河原健作在信箱前和吉本瞳擦身而過後，便直接回到自己家裡去了。這點已經被對面水果行老闆所證實。所以，河原健作不可能搶在吉本瞳之前入侵她的房間，並且對她痛下殺手。」

「那麼這又該如何解釋呢？凶手是個持有備份鑰匙的人。可是持有備份鑰匙的兩個人，都沒有作案的機會。這樣一來，不就沒有嫌犯了嗎？」

「不，大小姐，嫌犯另有其人。除了那兩人之外，能夠使用備份鑰匙的只剩另外一人，這號人物正是殺害了吉本瞳的真凶。」

影山一口咬定的語氣，讓麗子緊張了起來。

「那是誰？是我不知道的人嗎？」

「不，大小姐您早就已經知道有這個人存在。正確的說，應該說看過這個人的鞋子。」

「鞋子？」

「您忘了嗎？大小姐。您造訪田代裕也的公寓時，曾在玄關看過一雙屬於年輕女性的鞋子。」

麗子的腦海裡立刻鮮明地浮現出當初造訪田代裕也公寓時的情況。在男生鞋子散落一地的玄關內，確實有一雙感覺格格不入的漂亮鞋子。

「白色高跟鞋！」麗子不禁大叫起來。「你的意思是，那就是真凶的鞋子嗎？」

「正是如此。」影山以從容不迫的語氣說道。「正如同大小姐您想像到的，那位穿著白色高跟鞋的女性，恐怕是田代裕也的新女友吧。如果是女朋友的話，就能自由進出他的公寓。這樣一來，當田代裕也不在家時，這位女性就能偷偷拿走三〇四號房間的備份鑰匙，任意使用了。」

「對啊。禮拜六晚上田代去釣魚了，所以家裡沒有人！穿著白色高跟鞋的女性，就能自由使用他的備份鑰匙了！」

「正是如此。接下來的部分加入了我個人的想像，請您做好心理準備聽我解釋。這位女性犯人——因為不知道姓名，就暫且稱呼她叫白井鞋子好了，您覺得如何？」

「穿著白色高跟鞋的女人，白井鞋子是吧？」（註2）

「田代裕也的新女友——白井鞋子，不知道在什麼契機之下，發現了他偷藏起來的鑰匙。當然，白井鞋子並不知道那是誰家的鑰匙。不過，女性的直覺是很敏銳的，一旦白井鞋子發現這把鑰匙，就開始起了疑心。比方說田代裕也是不是瞞著自己同時和其他女性交往呢？而這把鑰匙會不會就是那位女性的房門鑰匙呢？白井鞋子當然很想查出男朋

2 日文中白色與白井同音。

友的劈腿對象究竟是誰。她可能用盡了各種方法去調查，也可能很早以前就知道了對方的身分，總之，她最後把懷疑指向了吉本瞳這位女性。她該如何調查吉本瞳和田代裕也之間是否還在暗通款曲呢？這裡有個好方法。那就是趁著田代裕也不在家的時候，偷偷拿出他擁有的備份鑰匙，並且和吉本瞳房門的鑰匙孔比對看看。只要鑰匙是吻合的，就能證明兩人之間的關係非比尋常。於是，白井鞋子將這種想法付諸實行了。」

「就是在禮拜六那天吧。」

「是的。白井鞋子等到田代裕也出門釣魚後，便從他的家裡拿走備份鑰匙，並且前往吉本瞳的公寓。白井鞋子大概是把車子停在路邊，坐在車內監視吉本瞳的房間，等待她外出吧。畢竟在家裡有人的情況下，不能隨便將鑰匙插入鑰匙孔內。時間流逝，到了傍晚六點的時候，吉本瞳總算離家出門了。白井鞋子立刻拿著備份鑰匙前往公寓，她站在三〇四號的門口，將鑰匙插進鑰匙孔內。當然，門鎖果然打開了。白井鞋子就這樣成功查出了男朋友劈腿的對象。」

「達成目的。不過，重點是在這之後吧。」

「是的。要是在這時她就罷手的話，大概就不會演變成殺人事件了。不過，白井鞋子深信吉本瞳一時之間不會回來，於是趁著這個機會擅自闖入對方家中。她或許是對男友的劈腿對象住在什麼樣的地方感到興趣，又或許是想要掌握更多劈腿交往的證據。可是，這時卻發生了她預料之外的狀況。」

「也就是原本已經出門的吉本瞳，為了把晾在外面的衣物收進來，突然回來了。」

「在非法入侵的時候，意外撞見了屋主，光是這樣，就足以讓白井鞋子陷入恐慌吧。畢竟在這種情況下，被人懷疑是小偷也無從辯解。再說，對方又是男友的劈腿對象。被情敵親眼目睹自己的糗態，這實在是莫大的屈辱。不僅如此，甚至還有可能會損及自己的社會地位——當然，前提是她有這樣的身分地位的話。一開始，白井鞋子應該會想盡辦法逃離這個窘境吧，可是小小的單人套房裡卻無處可逃。接著，在下一秒鐘，驚慌失措的她卻看到了一幅意想不到的光景，吉本瞳居然穿著長靴爬進了房間裡頭。看了吉本瞳那毫無防備的模樣，心急如焚的白井鞋子轉念訴諸於暴力，這也並非毫無可能。」

「在被對方發現前、引發起騷動前，先發制人啊。」

「白井鞋子拿起了手邊找到的繩子，有可能是放在報紙收納箱旁邊，用來綑綁報紙的塑膠繩吧。接著她像是著了魔似地攻擊吉本瞳。這原本並不是一件計畫好的犯罪，所以白井鞋子是否懷有殺意？我們不得而知。可是，極有可能是忌妒心在推波助瀾，使得白井鞋子用力過猛了，她最後還是勒死了吉本瞳——我推測，事件概要大致就是如此。」

語畢，影山一臉平靜地看著麗子。「您覺得如何呢？大小姐。」

「呃——這、這個嘛，你的推理很不錯嘛。的確，犯人應該就是那個穿著白色高跟鞋的女人。」

老實說，豈只是不錯，麗子認為影山的推理趨近於完美。無論是犯人的行動，或是被害人的行動，肯定都跟影山所描述的一樣。不過，這麼輕易就承認他很厲害，也讓人覺得頗不是滋味，於是麗子又追問了兩、三個問題。

「殺人現場並沒有發現可疑的指紋喔，難不成犯人戴了手套嗎？」

「擅自開啟他人房間的門鎖，這種行為本身就已經構成犯罪了。所以，犯人將鑰匙插入三〇四號的鑰匙孔前，應該已經謹慎地戴上手套了吧，所以在殺人的時候也不會留下指紋。」

「吉本瞳折回房間時，玄關裡應該有犯人的鞋子才對。為什麼吉本瞳沒發現呢？」

「根據大小姐的描述，吉本瞳的房間似乎沒有好好整理的樣子。想必玄關也很凌亂，所以她才沒有發現那裡有其他人的鞋子。」

面對麗子的質問，影山一一準備了令人滿意的回答。

「原來如此，我終於明白了。」麗子滿意地點了點頭。「那麼，我再問最後一個問題。」說到這裡，麗子將她心中一直懷抱著的疑問，拿來作為今晚對話的總結。「看你的推理能力那麼強，你到底是何方神聖？何必來當什麼管家呢？」

這時，管家影山輕輕地推了推銀框眼鏡，用非常真摯的表情這麼回答道。

「其實我原本是想當職業棒球選手，或是職業偵探的。」

這算是什麼回答方式？今晚的麗子，只有對這個答案感到不滿。

第二話　來杯殺人紅酒如何？

1

寶生麗子睜開雙眼時，床邊的時鐘指針正要指向早上七點——自己竟然比平常提早三十分鐘起床，讓她十分感動。更重要的是，不藉助鬧鐘的力量就能自己醒來，對她而言確實是個奇蹟。換做是平常的話，麗子就算鬧鐘響了也爬不起來，就算硬被吵醒了，也會再躺回去睡。一直要等到快要遲到的時候，睡回籠覺的麗子才會被影山的敲門聲驚醒，這是最近每天早上都會上演的模式。順帶一提，這個姓影山的管家，是寶生家為數眾多的傭人之一。雖然年紀輕輕，不過三十幾歲，卻已經肩負起管家兼司機這麼講究資歷的職務了。此外，他還兼具有會走路的鬧鐘之功能，是個相當方便差遣的男人，這樣的人物，走出寶生家之外，全國恐怕找不到幾個吧。

「難得那麼早起，得好好向影山炫耀一番才行。」

麗子懷抱著小小的野心，在睡衣外頭披了一件質地輕薄的長外套後，便走出了寢室。

季節已經到了春天。儘管如此，四月的早晨依舊寒冷。走廊上的空氣冷颼颼，凍得剛起床的腦袋立刻清醒過來。這時，正好看到影山出現在走廊上。他一大清早就穿著一身全黑的西裝，假使再讓他戴上黑色的墨鏡，那外表活脫脫就像是個「道上弟兄」。幸好影山習慣戴的是一副款式略顯落伍的銀框眼鏡，所以勉強讓他保有一絲知性的印象。這位管家看到麗子後，便彎下修長的身軀行禮，照慣例問候早安。

「早安，大小姐。您昨晚睡得好嗎？」

「很好啊，睡得比平常都還要好呢。」

「那真是太好了。」管家面無表情地點點頭，然後輕輕地推了推眼鏡邊框，同時提出了一個奇怪的問題。「話說回來，大小姐，您昨晚有沒有遇到什麼不便呢？」

「這倒是沒有──發生了什麼事嗎？」

「昨晚颳起了春季的暴風雨。受到落雷影響，深夜裡似乎曾停電了一小時四十二分鐘左右。」

「咦，我都沒發現呢。」可是，為什麼影山會那麼精準知道深夜裡停電了多久呢？「你為什麼連停電幾分鐘都知道呢？」

「是，因為我的床邊有一臺需要插電才能使用的指針式時鐘──」

「我的床頭也有一樣的時鐘啊。」

「今天早上在下起床時，發現那個時鐘慢了一小時四十二分鐘。」

「原來是這樣啊。意思是說，時鐘停止運轉了多久，就表示停電有多久囉。」麗子頻頻點頭表示欽佩，接著就陷入一陣很漫長的沉默。「……」突然間，麗子冷不防地用雙手掐緊影山的領帶，把他的身體用力抵在牆上。

「回答我，影山，現在是上午七點對吧！」

「不，現在並不是七點。」影山哀傷地垂下了眼簾。「恐怕已經過了八點四十五分了。」

「八、八點四十五分！」如果是在漫畫裡，高中女生遇到這種情況的話，現在必定會在口中咬著吐司，在往學校的路上拔腿狂奔吧。不知這是幸運抑或不幸，麗子已經不再是高中女生，而是個堂堂正正的社會人士了。這樣的她，在上班日的上午八點四十五分竟然還穿著睡衣待在自己家裡。慘了，現在已經沒有時間猶豫了。被逼急了的麗子徹底活用畢生的智慧與富貴人家的特權，對眼前的管家下達緊急命令。

「影山，火速把車子開到玄關！」

「寶生集團」涉足的商業層面極大，從金融交易、電子產品、醫療用品、甚至推理小說出版品都有參與，可說是名震天下。而寶生麗子正是集團總裁寶生清太郎的獨生女。她在備受呵護之下長大成人，並以優秀的成績從一流大學畢業，簡而言之，天生就是個自由自在、貨真價實的千金大小姐。不過這位大小姐卻想當個時代新女性。她不願遵照父親的囑咐，當個足不出戶的大小姐、勤奮研習婦道，等著出嫁。反過來說，她更不喜歡在自家的企業集團裡掛名，當個有名無實的主管。於是，個性倔強的她，選擇成為苦幹實幹的公務員——也就是去當警察。

寶生麗子是隸屬於東京多摩地區國立署的年輕女刑警。

不過，警署裡只有少部分高層官員知道她是寶生清太郎的女兒。其他同僚向來都以為她只是個年輕漂亮、卻又極為平凡的女刑警（沒辦法，這是事實）。因此，就算睡過頭遲到了，她也不能獲得特別禮遇。

「快點，影山！在道路交通法容許的限度內盡量飆！」

對駕駛座上的影山下達了這種無理的命令後，麗子就活用豪華禮車內寬敞的空間，迅速將剛起床時穿的睡衣換成工作用的衣服——一套既時髦又優雅，纖細又富有機能性，最適合女強人穿的長褲套裝。這其實是在Burberry銀座店要價數十萬的限量產品，不過麗子在同僚面前，一概宣稱這是在丸井百貨的國分寺分店以三萬日圓買來的特賣品，而那些對名牌毫無嗅覺的男同事們也全都深信不疑。

換完衣服後，接著是整理頭髮。頭髮是女人的生命，就刑警身分來說，麗子的頭髮太長了一點。所以她在執勤時，總是隨便將頭髮綁在後腦杓。這是為了避免飄散著芳香的清爽髮絲撩撥起臭男人們的邪念，才做的明智考量。

倘若不把手腕上那一只RADO的Integral Jubile（簡單地說就是高級手錶）算進去的話，麗子在執勤時是不會配戴任何首飾的。不過從今天起，麗子想為自己添加一點變化。她從手邊的盒子裡拿出那個東西，把它舉在眼前端詳。

那是一副ARMANI的眼鏡——可是鏡片沒有度數，也就是所謂裝飾用的眼鏡。鏡框是銳利的黑色，有稜有角的邊框，帶出成熟女性的時髦氣質，至少店員是這樣慫恿麗子買下的，不過實際上真能展現出這樣的氣質嗎？麗子戰戰兢兢地戴上之後，便透過後照鏡窺視駕駛座的反應。

「——怎麼樣？影山。」

透過後照鏡，她看到管家露出了些許驚慌的表情，轎車一瞬間左右搖擺了起來。

「您怎麼了？大小姐。我記得視力是您唯一的長處啊？」

「這是裝飾用的眼鏡啦。我想在執勤中試著轉換一下心情。畢竟，刑警看起來帶有一點知性會比較好嘛……」

麗子之所以突然想戴眼鏡是有原因的。老實說，最近有個不識趣的男人，當面叫她白痴。不過話說回來，這男人儘管口無遮攔，但是推理能力非常強。光是聽過口頭描述，就能輕鬆破解麗子負責偵辦的難解案件。在那男人得意洋洋的鼻梁上，炫耀似地戴著一副銀框眼鏡。從那天之後，她就不由得把眼鏡和知性聯想在一起了，姑且不提這個——

「你剛才是不是說『視力是我唯一的長處』啊？」

「不，在下沒有說過。是您聽錯了吧？」在後照鏡中，影山裝作若無其事地推了推銀框眼鏡。「總之，那真的非常適合您。實在是太美了。」

「你的感想太平凡了，我根本高興不起來。還有其他感想嗎？」

「您的角色跟我重疊了……」

「那根本不是重點吧！」戴眼鏡又不是影山專屬的權利。「唉——唉，還是不要戴眼鏡好了，好像不怎麼適合我的樣子。」

「——就算是凶惡的罪犯，也會在大小姐面前跪下，真心開始懺悔吧。」

「你是在稱讚我很有魅力嗎？這種說法也未免太兜圈子了吧。」

「真是非常抱歉。憑我平凡的辭彙，實在難以表達大小姐的非凡魅力。還請您原諒。」

「呵！」剛才那句話讓麗子感到很開心。尤其是非凡的魅力這一段。「好吧，我就原諒你。」

駕駛座上的影山無奈地輕輕嘆了口氣。就在這個時候，麗子的手機發出來電鈴聲。一接起電話，聽筒那頭立刻傳來「嗨～早安啊，小姑娘」。

光從這句話就能猜出對方是誰了。風祭警部——國立署的年輕刑警，同時也是麗子的上司。「妳現在在哪裡？做什麼啊？」

麗子當然不可能坦白跟他說自己才剛在車裡換好了衣服。正當她猶豫著不知道該怎麼回答的時候，風祭警部自顧自地又開口說道。

「算了，這不重要。寶生，位於國立市東二丁目旭通的若林動物醫院發生事件了。院長被人發現死在自己的房間內。知道若林動物醫院吧？——妳就直接前往現場吧。我也會馬上趕到。」

「咦？」要我搭這輛車直接到現場嗎？「啊、是，我明白了。」

通話結束的同時，麗子立刻命令駕駛座上的影山「火速開往若林動物醫院」。一想到自己將搭乘著豪華禮車抵達那擠滿了圍觀群眾和警車的現場，麗子不禁打了個寒顫。「還是在醫院前一百公尺放我下車好了，我自己走過去。」

「遵命。」影山猛力轉動方向盤，改變禮車的行進方向。

國立車站前面的圓環有三條路呈放射狀延伸出去，已經成為當地地標，不過，其實真正有名的是貫穿中央的大學通。其他兩條老是被人稱做「出了車站之後往右（左）走的路」。而旭通就是出了車站後往左方延伸的道路（順帶一提，往右邊方向的道路叫做富士見通）。

行駛在這條旭通上，在靠近便利商店的地方，看到了若林動物醫院的招牌。不出所料，醫院前擠滿了看熱鬧的群眾與警車。麗子下意識地尋找著亮銀色的 Jaguar——那是風祭警部的愛車，也是經常突兀的出現在國立市殺人案現場的名車。風祭警部從不開國產車，理由是「太窮酸了」。這樣的一位警部，身分卻是製造販售他所謂窮酸國產車的「風祭汽車」的小開，這也未免太矛盾了吧，不過私事暫且不提——麗子放眼望去，到處都找不到那輛 Jaguar 的身影。

「奇怪了，警部還沒到嗎？」當麗子歪著頭，準備穿越禁止進入的封鎖線時。「哎呀？」

她的視野突然捕捉到一個反射著朝陽，像鏡子一樣閃閃發光的謎樣物體。那東西一邊發出轟隆聲，一邊朝這個方向接近。不用多說，那東西就是警部駕駛的亮銀色 Jaguar。就在麗子以為自己就要被急速衝來的 Jaguar 給輾過時，Jaguar 一邊刺耳地發出「嘰」的剎車聲，一邊緊急甩尾停在她的面前。駕駛座的車門打開，嘴巴銜著吐司的風祭警部從裡頭現身了。「嗨，寶生，早啊。」他舉起單手打了個招呼。

「呃……」你是漫畫裡的高中女生嗎？麗子拚命忍住這股想要吐槽的衝動，謹守著部屬的立場，慎重地挑選用詞。「呃、請問——您是怎麼了？警部。」

「說來話長啊。」警部把剩下的吐司塞進嘴裡之後說道。「其實我的床邊有個外接電源型的指針式時鐘——」

「噢，原來如此。您不必再說下去了。」三秒之內，麗子就對警部的回答失去興趣，並冷淡地轉過身說：「那我們趕快去現場吧。」

「喂，哪有人自己先問『您怎麼了』，卻又回話說『您不必再說下去了』啊？這未免太失禮了吧！既然如此，我也有話想要反問妳。那副眼鏡是怎麼回事？是誰想要趕上新潮流嗎？哎呀，我也不是說討厭眼鏡美女啦，喂，寶生——」

真是煩死人了，這才不是要追趕什麼新潮流呢！

麗子無視那緊追著自己不放的上司，踩著怒氣沖沖的腳步，穿過禁止進入的封鎖線。

2

事件發生的地點是位於緊鄰醫院的若林家二樓其中一間房間內。一位上了年紀的男性，在他自己房間的窗邊從椅子上滑落到地面，就這樣死了。其中一位員警走向警部，向他說明狀況。

「死者叫若林辰夫，六十二歲。第一位發現者是家裡的幫傭，由於身為主人的若林辰夫遲遲沒有起床，幫傭覺得不對勁，於是前往寢室查看。聽傭人說，當時若林辰夫就維持著這樣的姿勢。」

寶生麗子睜大了隱藏在裝飾眼鏡下的雙眸，迅速觀察起現場的情況。

若林辰夫身穿輕薄的家居長外套，應該是很放鬆才對。不過他的表情卻醜陋地扭曲著，忠實呈現出臨死之際的痛苦。外表並沒有任何外傷，也沒有出血。

在他右手十公分外的地方，橫放著一個鬱金香造型的高腳杯。酒杯是空的，以酒杯為中心，地毯上延展著一大片紅色汙漬。被認為是若林辰夫原本坐著的椅子前方有張小桌子，那裡有一瓶已經拔掉瓶栓的紅酒被放在托盤上，酒瓶中還剩下八分滿的紅酒。除了酒瓶以外，托盤上還有軟木塞和T字型的開瓶器，以及揉成一團的瓶口封條。

「妳看，寶生。」風祭警部大聲嚷著。「若林辰夫在睡前喝了紅酒。」

「……是啊。」風祭警部最擅長的，就是把任誰看了都知道的事情，說得好像自己最先發現的一樣。如果受不了他這種惡習的話，就無法在風祭警部的麾下做事了。「哎呀，這是什麼？」

麗子手指著托盤上唯一一個格格不入的東西，那是醫院診療室裡常見的棕色小玻璃瓶。上頭並沒有貼標籤，瓶子是空的，但是有一些微小的顆粒附著在瓶子內側。這該不會是毒藥吧？就在麗子這麼想的瞬間——

「妳不明白嗎？寶生。」風祭警部加上顯而易見的解說。「這恐怕是毒藥吧。從這狀況研判，鐵定錯不了的。」

就算警部不說，只要看過現場的情況，誰都能輕易地想像出若林辰夫很可能是服用毒藥致死的。隨即進行的驗屍結果與鑑識報告都證實了這點。

首先根據驗屍結果，死因確定是氰化物的藥物中毒。屍體身上沒有明顯的外傷，四周也看不出曾和誰爭執過的痕跡。死亡時間推測約為凌晨一點左右。

再來根據鑑識分析結果，雖然酒瓶內沒有驗出毒物，不過那些滲入地毯的液體，卻驗出了氰酸鉀。而且附著在棕色小瓶內的細小顆粒，也證實同樣是氰酸鉀。酒瓶、玻璃杯、以及棕色小瓶上發現了好幾枚若林辰夫本人的指紋，卻驗不出其他人的指紋。

此外，警方還接獲數則情報，指稱今天早上在現場附近的路上，目擊到平常未曾見過的可疑豪華禮車，不過那跟這次事件保證一點關係也沒有，這點麗子自己心知肚明……

「原來如此、原來如此。」風祭警部開心地點頭說道，隨即轉頭面向麗子問她。「妳覺得呢？寶生。」

打從第一眼看到現場的瞬間，麗子就覺得，與其說這是一起凶殘的殺人事件，反倒更像是邁入老年的男性常見的自殺事件。正當麗子打算說出自己的看法時——

「就我所看到的，若林辰夫應該是自殺。」風祭警部搶著開口說道。打從一開始，他就無意聽取他人的意見吧（而且他的意見還跟麗子一模一樣）。「我想，若林辰夫是將小瓶內的氰酸鉀摻入倒了紅酒的玻璃杯中，然後一口氣喝下紅酒，服毒自盡了。那氰酸鉀一定是從醫院的藥品架上拿來的。偷偷拿些藥品帶回家這點小事，對身為院長的他，應該毫無困難才是。」

「是啊。」由於麗子的想法也大致相同，因此她也沒打算要反駁。「的確，警部說得一點也沒錯。如果能找到遺書的話，那就更能夠確定了。」

「唔，好像沒發現遺書的樣子。不過，沒留下遺書就自殺，這種情況也不算罕見。總之，我們去找死者家屬詢問看看吧。」

感覺上，風祭警部心裡已經有八成篤定若林辰夫的死是自殺了。但是麗子不禁想著，說不定狀況剛好相反，這其實並不是自殺。

沒多久，若林家的人都被叫到大廳來。當風祭警部和寶生麗子走到大廳正中央時，一位長相和若林辰夫神似的中年男性突然開口詢問。

「刑警先生，哥哥該不會是自殺吧？」

這個人名叫若林輝夫，他是比死去的辰夫小一歲的弟弟，因此也早就已經過了花甲之年。他的職業是獸醫，和身為院長的哥哥辰夫一起經營著這家若林動物醫院。由於抱持著單身主義，他在若林家附近租了公寓，過著一個人獨居的生活。說巧不巧，唯獨昨晚他在哥哥家過夜，結果剛好碰上了今天早上的騷動。

輝夫深深地陷進單人沙發裡，用右手把玩著福爾摩斯愛用的同款古典菸斗。看來他似乎正拚命忍住想吸菸的衝動。

「不，現在還不能斷定是自殺。」

風祭警部暫時把自己的想法擺在一旁，謹慎迴避了輝夫的提問。

「如果不是自殺的話，難不成，刑警先生的意思是有人殺了他嗎？」

坐在雙人座沙發上加入話題的是辰夫的長男，若林圭一。圭一今年三十六歲，和妻子育有一子，職業也是醫生——不過並非動物醫生，而是幫人治病的醫生。專長是內科，任職於市中心的綜合醫院。

「我並沒有說這是殺人事件，只是現在還不能排除這個可能性而已。」

「哎呀，刑警先生，您說的話未免太恐怖了吧。這個家可沒有人對公公懷恨在心啊。」

圭一的妻子春繪，像是在為鄰座的丈夫提供支援火力似地尖聲叫道。春繪比圭一大一歲，今年三十七。她在圭一任職的醫院從事看護工作，據說兩人就是因此相識結婚的。

「哎呀，太太，我又沒有說是這個家裡的人殺害了辰夫先生。難道說，妳有發現到什麼蹊蹺嗎？」

風祭警部挑釁似地環顧這個家族，結果，獨自在房間一角倚牆而站的青年也發出了他的不滿。

「刑警先生，父親是自殺身亡的。在場所有人都知道這是事實。喂，我說得沒錯吧？」

聽到青年這麼一喊，圭一和春繪夫妻倆為難的互相使了個眼色。輝夫則是瞬間皺起眉頭，大聲責備那青年說。「給我住口，修二。」

這名叫做修二的青年，是死者若林辰夫的次男，今年二十四歲。也就是比圭一小一輪的弟弟。現在他還是醫學院的學生，平常都從家裡通勤上學。

彷彿察覺到了飄散在一家人之間的尷尬氣氛，風祭警部繼續追問下去。

「看來，各位似乎早就已經預料到辰夫先生會自我了結了呢。莫非昨晚各位和辰夫先生之間，發生了什麼事情嗎？」

聽了警部的提問後，最年長的輝夫代表一家人開口回答。

「刑警先生，老實說我們家昨晚才剛召開一場家族會議。哥哥和我，圭一和春繪，還有修二全都參與了會議。」

「喔，你們談了些什麼呢？」

「其實這種事情不方便對外人說啊。」輝夫搔了搔參雜些許斑白的頭髮之後，像是要掩飾羞愧般把菸斗叼在嘴上，然後從襯衫胸前的口袋裡取出火柴盒，用流暢的動作為菸斗點火。過了幾秒鐘後，他露出一副「糟了」的表情。「現在不方便抽菸是吧？」

「不，沒關係。」風祭警部帶著若無其事的表情看了輝夫一眼。「真是稀奇啊，沒想到現在居然還有人抽菸斗呢——不過，我有時候也會抽一點雪茄就是了。」他居然莫名其妙吹噓起來了。

麗子偷偷拿出警察手冊在面前搧了兩下，她最受不了香菸的味道了。

「別看我這樣子，我可是個福爾摩斯迷呢。過了花甲之年後，我才決定要改抽菸斗的。這東西很不錯呢，最近我已經完全離不開它了。對了，剛才講到哪裡了？」

「講到雪茄的事情。」

「不對，警部。是講到召開家族會議的事情。」

「喔喔，對了。」輝夫先把菸斗從嘴上拿下來。「刑警先生，如果聽到我哥哥有意再婚的話，您會怎麼想呢？」他反過頭來提出了這個問題。

「辰夫先生要再婚？可是他已經六十二歲了啊。」

「是啊，不過自從大嫂十年前病逝之後，他一直保持單身，所以基本上他要跟誰結婚都不成問題。」

「那麼，辰夫先生有對象了嗎？」

「有的，我們也是到了最近才知道的。其實哥哥想和幫傭藤代雅美再婚。昨晚家族會議上，就是在討論這件事情。」

「喔，和幫傭再婚啊——那麼各位都贊成他們結婚嗎？」

「怎麼可能贊成啊。」長男圭一不耐煩地這麼喊道。「父親是被那個幫傭給騙了。請您想想看，年過六十的父親和年僅三十多歲的藤代雅美之間，有可能產生正常的戀愛情感嗎？父親只不過是被年輕的藤代雅美給迷惑罷了。她就是這樣玩弄父親的感情，想要踏進咱們若林家裡。」

「簡單來說，她的目標是財產囉？」

「當然，除此之外別無可能。所以我們昨晚也很嚴厲地告誡父親『清醒一點吧』、『父親您被騙了』。」

這麼說完後，圭一便從襯衫的口袋裡掏出被壓扁的香菸紙盒，拿起一根香菸銜在嘴上，並且用綠色的十元打火機試圖點火。可是十元打火機的打火石卻只是發出乾澀的摩擦聲，完全點不起來。

「哎呀，好像沒有瓦斯了呢。」坐在一旁的春繪面無表情地低喃著。

「嘖！」圭一沒好氣的把十元打火機塞回口袋裡，然後拿起香菸指著佇立在牆邊的修二。「喂，你有帶 Zippo 打火機吧？借一下。」

「真是的，既然哥都賺了那麼多錢，好歹也買個像樣點的玩意兒，不要老是用十元打火機嘛。」

修二一邊這麼說，一邊取出 Zippo 的煤油打火機。那個 Zippo 是外殼上刻著洋基隊標誌的限量品。修二幫圭一的香菸點上火之後，順便也為自己的香菸點火。

麗子默默地逐一打開大廳的窗戶。看來若林家似乎是個吸菸率很高的家族。

「那麼，看到各位反對他和藤代女士結婚，辰夫先生又做何反應呢？」

「哥哥顯得非常失望。」輝夫讓菸斗升起了煙霧，就這樣閉上眼睛。

「他拖著沉重的腳步回房去了。老實說，我們也感到很心痛。藤代小姐或許真是衝著財產來的也說不定，但至少哥哥是打從心底喜歡上她啊。」

「不過這也是沒辦法的事情啊。畢竟我們是為了父親好，才會提出了那些建言。」圭一這麼說完後，鄰座的春繪便不住地點頭。

「對啊對啊。無論結果如何，我們這麼做，完全是出於好意。」

「可是，沒想到事情會變成這樣。」吐出一口煙後，修二呢喃說道。「父親居然做出這種傻事。」

看來整個家族似乎一致認定若林辰夫是自殺身亡。誰也沒有提出反駁的意思。而且，雖然大家都表現出一臉沉痛的樣子，但實際上，顯然沒有一個人打從心裡為死者哀悼。

「話說回來，刑警先生。」輝夫最後又乘勝追擊似地作證說。「您也看到了現場桌上的那瓶紅酒吧。那是擺在那房間的櫃子上、當作裝飾品的紅酒。雖然牌子不是很有名，但因為哥哥他很喜歡酒瓶的形狀與商標的設計，所以一直留著沒有喝，就這樣把它當成是藝術品展示在櫃子上。哥哥經常說『我打算在什麼特別的日子開來喝』，在場的所有人都知道這件事情。所以，今天早上在哥哥死亡的現場看到那瓶紅酒的瞬間，大家都確信哥哥是自殺。自我了結的日子——沒有什麼是比這更『特別的日子』了。」

見到家人們的回答告一段落，風祭警部便整理好到目前為止所得到的資訊。

「簡而言之，各位是這麼想的吧。昨晚針對辰夫先生的結婚問題，各位堅決表達了反對之意。辰夫在極為沮喪的狀態下回到房間。然後過於悲觀的辰夫先生，自己在珍藏的紅酒內投入毒藥，然後一飲而盡。換句話說，這是自殺。」

在場所有人全都默默地點頭。的確，這或許真的只是一起自殺事件。就在麗子本人也這麼想的那一瞬間——

「不，不是這樣的！」一位身穿圍裙的瘦小女性氣勢洶洶地開門闖了進來，那是幫傭藤代雅美。她帶著豁出去的表情走到風祭警部身邊，劈頭開口就說：「老爺絕不可能是自殺！」

面對毫無預警、突然闖進來的幫傭，率先破口大罵的是長男的妻子——春繪。

「哎呀，妳在說什麼啊！就算再怎麼愛管閒事，也該適可而止吧！不過是個幫傭，妳又對公公瞭解多少！公公是自殺的呀，而且還是因為妳的緣故！」

春繪激烈地吐出了戲劇性的言詞。眾人緊張地在一旁觀望。原本只是推理劇其中一幕的大廳，如今正逐漸演變成長男的妻子與幫傭情緒衝突的舞臺，上演起愛恨糾葛的戲碼。在大廳裡，藤代雅美毫不退讓，用帶著堅定意志的眼眸瞪著春繪，接著又說出這段爆炸性的宣言。「不，不對。老爺是被某個人殺死的！」

「什麼！」男性們忍不住大聲喧嚷起來。

「住口！妳知道自己在說些什麼嗎！喔喔，我知道了。以奪取財產為目的的妳結不成婚，所以自暴自棄了是吧。然後為了報復，才企圖誣賴我們殺人吧。怎麼會有心腸這麼惡毒的女人啊！妳這個企圖掠奪若林家財產的賊貓！不知打哪兒來騎驢找馬的野狗，真不要臉！」春繪使用各式各樣的動物來辱罵幫傭。既然貓、狗、驢、馬都搬出來了，那麼最後一定是那個吧？在眾人高漲的期待之中，春繪橫眉怒目地以最高等級的字眼咒罵藤代雅美──

「妳以為自己是靠誰才能活到現在的？這隻忘恩負義的母豬！」

春繪這句「忘恩負義的母豬」一說出口，在場的男性們立刻發出了一陣叫嚷聲。

風祭警部看了戴在左腕上的勞力士錶一眼之後，一邊說著「哎呀，已經這麼晚啦」還把手錶亮在麗子面前。手錶的指針指著一點五十八分。風祭警部大概是在暗示著這場午間劇場應該就此結束了吧。原本還想再看一下的，真是可惜。

麗子無奈地遵照警部的暗示，出面打圓場說。「好了好了，妳們兩位都冷靜一點。」把怒目相視的兩人分開。自己分配到的竟然是午間劇場裡無足輕重的配角，麗子對此感到不滿。

等到騷動告一段落之後，風祭警部才重新詢問幫傭。

「話說回來，藤代女士，妳剛才說辰夫先生是被人殺害的，為什麼妳會這麼想呢？妳有什麼根據嗎？」

「有的，請您看看這個。」藤代雅美取出自己的手機，並且打開顯示畫面給風祭警部看。「今天從一大早開始就亂成一團，所以我遲遲沒空確認手機。不過剛才打開一看，我發現昨晚老爺傳了這樣的簡訊到我的手機裡。」

麗子越過警部的肩膀，望向手機的螢幕畫面。發信人為若林辰夫，傳送時間是凌晨零點五十分。死亡時間推測為凌晨一點左右，因此，這正是若林辰夫死亡前不久發送的簡訊。上面只有短短一句話，風祭警部大聲地把內容唸了出來。

「『謝謝妳的禮物。我就高興地收下了。詳情明天再談。』——明天？」

原來如此。這的確不像是打算自殺的人會寫的內容。麗子興奮地對警部說：

「最後那句『詳情明天再談』，指的應該是『家族會議的詳情內容明天再談』吧。也就是說，若林辰夫在這之後並沒有打算要尋死。」

「看起來的確是這樣沒錯。那麼，這個『禮物』又是什麼呢？」風祭警部把眼光移開手機螢幕，抬起頭來望著藤代雅美。「妳昨晚送了什麼東西給辰夫先生嗎？」

「不，我什麼也沒做。我想，恐怕是有誰冒用我的名義，送了什麼東西給老爺吧。所以老爺才會寄給我這封答謝的簡訊。」

「原來如此。那到底是……」

「啊！」在陷入沉思的風祭警部身旁，麗子下意識地大叫起來，並且啪地彈響了指頭。

「是紅酒啊，警部！某個人送了紅酒給辰夫先生。辰夫先生以為那瓶紅酒是藤代女士送的，於是開心地打開來喝，然後就這樣死掉了。」

「喔，原來是摻了毒藥的紅酒啊！也就是說，若林辰夫的死不是自殺，而是他殺囉。」

麗子一邊用食指推了推裝飾用眼鏡的鼻架，一邊環顧著大廳裡的眾人。被害人的弟弟，輝夫。長男圭一及其妻子春繪。還有次男修二。就是這四個人之中，有人假冒藤代雅美的名義，送了摻有毒藥的紅酒給若林辰夫。

3

「等一下，刑警先生。」彷彿急著要擺脫嫌疑一般，修二語帶緊張地說。「您說假冒幫傭的名義送紅酒給父親，這到底該怎麼做呢？難不成要變裝嗎？」

面對這個問題，風祭警部以極為罕見的冷靜和兼具理論性（就他而言）的態度回答。

「不，紅酒並不是親手交給辰夫先生的。正因為如此，辰夫先生才會事後發送簡訊答謝。恐怕紅酒是趁著辰夫先生去洗澡、不在房間時偷偷送進去的。只要在托盤上擺著紅酒酒瓶、高腳杯、以及模仿藤代女士的筆跡寫下字條，辰夫先生就會誤以為那是幫傭送來的東西。犯人悄悄將這些東西送到辰夫先生房內，把它們擺在桌上然後就離開了。之後只要等待辰夫先生回到房間喝下紅酒就行了。」

「不過這樣一來，父親死了之後，托盤上就會留下摻了毒藥的紅酒喔，還有偽造筆跡的字條。」

「我想，犯人在殺害辰夫先生後，又趁夜裡重新回到現場，收回了摻有毒藥的酒瓶與字條吧。接著呢，對了，裝飾在櫃子上的那瓶紅酒，犯人把它打開，自己喝掉大約一杯的份量，再把酒瓶放到托盤上。這樣一來就沒問題了。」

「不，這樣大有問題。」提出新疑點的是叼著菸斗的輝夫。「刑警先生，您從剛才開始就一直提到摻有毒藥的紅酒什麼的，不過，市面上哪裡有賣這種東西，所以，如果犯人要送摻有毒藥的紅酒到哥哥房間的話，勢必得自己動手在酒瓶內下毒才行。可是要下毒就得拔掉瓶栓。而要拔掉瓶栓，就得撕開包覆在瓶栓外圍的封條。難道犯人會若無其事地把已經開瓶的紅酒送進房裡嗎？而且哥哥還很高興地把它喝下去，絲毫不覺得有什麼異樣嗎？不，這是不可能的事情。如果是我的話，在看到封條被撕掉的那一刻，就會懷疑這瓶紅酒是不是被人動過手腳。難道不是這樣嗎？刑警先生。」

「啊啊，原來如此。的確，要在酒瓶上動手腳是很困難的事情。這樣的話，對了！犯人是用了醒酒瓶吧。犯人將摻有毒藥的紅酒倒進醒酒瓶裡，把醒酒瓶送到房裡。這樣做就簡單多了，而且也不會有任何不自然的地方。」

可是風祭警部這靈機一動的推理，卻被春繪的證詞輕易地推翻了。

「我們家的廚房裡才沒有醒酒瓶這種東西。如果裝在醒酒瓶裡送過去的話，公公才會覺得不對勁呢。」

「既然醒酒瓶不行的話，那麼酒杯如何呢？毒藥其實不是加在酒瓶裡，更不是醒酒瓶裡，而是塗抹在酒杯內側。這樣就行得通了吧！」

「不，一點也行不通。」這回換圭一打破了風祭警部的假設。「父親是個有潔癖的人，所以不光是酒杯而已，要是沒有把所有的餐具擦得亮晶晶的話，他那個人是不肯善罷甘休的。如果犯人把毒藥塗抹在酒杯上的話，玻璃就會變得霧霧髒髒的吧。有潔癖的父親一定會注意到這點。」

「……」由於每個提出推理都遭到反駁，風祭警部嘔氣似地沉默下來。看來「用摻了毒藥的紅酒殺人」這件事情，似乎沒有說的那麼輕鬆。

「果然還是自殺吧。」修二又重新提出自殺的說法。「父親下定決心要自殺。可是卻又覺得這樣死去太無聊了，於是裝得好像無意尋死的樣子留了一封簡訊給幫傭。這樣一來，自己的死就會被視為殺人事件，而警察也會懷疑到我們家人頭上。這就是父親的目的。也就是說，這是自殺的父親對我們施加的小報復，不是嗎？」

聽完修二的見解後，輝夫、圭一，以及春繪三人都用力點頭同意。只有藤代雅美一個人搖頭表示難以認同。

結果，大廳中的詢問在沒有得到明確結論的情況下結束了。若林辰夫是自殺嗎？還是他殺呢？從現場狀況看來的確像是自殺，不過看了他寄給藤代雅美的簡訊內容後，感覺又像是他殺。只不過，如果是他殺的話，犯人勢必得花好一番工夫，才能讓若林辰夫親自喝下毒藥。

然而，風祭警部漲紅了臉，很肯定地大喊：「犯人就在遺族之中！」現在的他已經完全堅信是他殺了。「那些傢伙居然敢聯合起來否定我的推理。絕不能原諒他們。至少也要把他們其中一個人給抓起來！」

「嗯……」可以先找人過來把這位警部抓起來嗎？寶生麗子暗地裡這麼想。畢竟造成誣告就太遲了。「請您冷靜下來，警部。」

「我很冷靜。那個家族的人全都很可疑。太可疑了，妳也是這麼想的吧？」

「這個嘛，警部說得也對。辰夫死了之後，若林動物醫院就變成輝夫一個人來經營，遺產則是大多分給了圭一與修二。而圭一的妻子，春繪也會受惠。這麼一想，他們全都有殺人動機。我也認為他殺的可能性很高。」

「喔喔，寶生！」風祭警部用夾雜著感動與感謝的眼眸凝視著麗子。「只有妳才是我最可靠的夥伴啊！」這還真是獨特的見解。

誰要當你的夥伴啊？——麗子當然不能說出真心話，所以她曖昧地笑著修正話題。

「問題在於，是誰用了什麼方法，讓辰夫喝下了摻有毒藥的紅酒。」

就是這點想不通。麗子像是要喘口氣似地拿下眼鏡，一邊用手帕擦拭著黑色鏡框，一邊思索著。可惜腦海裡並沒有閃現什麼靈感。看來即使戴上眼鏡，推理能力也不會突然有所提升。問題是，到底還欠缺什麼線索呢？

就在這個時候——

「風祭警部！」一位身穿制服的員警走了過來，在警部面前舉手行禮。那員警說：「有人表示有重要的事情要跟您說……只不過，對方是個年紀才十歲的少年。」

幾分鐘後，寶生麗子與風祭警部來到這位十歲的少年——若林雄太的房間。若林雄太是圭一與春繪的獨生子。也就是辰夫的孫子。不過對方畢竟還是個小孩子，實在很難稱得上是事件的中心人物。這位少年究竟有什麼重要的事情要說呢？風祭警部放低身段，帶著生硬的笑容走向少年。

「你就是雄太吧。聽說你有話想跟我說，到底是什麼事情呢？」

「就是啊，就是啊。」少年忘我地開始訴說起來。「我看到了喔。昨天晚上在廁所裡啊，有亮光喔，在爺爺的房間裡看到的。」

「這樣啊，你昨天晚上從爺爺的房間裡看到了廁所的燈光啊。」接著風祭警部像一隻傷透腦筋的熊一樣，抱住了頭。「這是怎麼樣的超現實畫面啊……我完全想像不出來。」

「警部，我想他說的並不是這個意思。」麗子把警部趕到一旁，並重新探究起這些隻字片語的含意。「我懂了。雄太昨天晚上上廁所的時候，看到爺爺的房間裡有亮光對吧？」

「嗯、嗯。」少年開心地點了點頭。

「那是什麼時候的事情呢？」

「是在半夜喔。凌晨兩點左右。」少年豎起兩根指頭回答。「那時候剛好打雷，所以這一帶停電了喔。大姊姊知道嗎？」

「嗯！大姊姊當然知道啊。」話雖如此，其實麗子是等到今天早上起床之後才知道的。

「雄太為什麼會知道停電了呢？你不是在睡覺嗎？」

「我是在睡覺啊，可是又被雷聲吵醒了。然後我突然想上廁所。雖然很害怕，但我還是離開房間去廁所。因為走廊也是一片漆黑，我就拿起那邊的手電筒。」

少年往房門的門把旁邊一指。那裡有個吊在掛勾上的手電筒。這麼說來，死者辰夫的房間裡，也有個跟這一樣的掛勾、同樣掛著手電筒。看來這個家裡似乎習慣把手電筒擺在門把旁邊的樣子。

「然後啊，在離開房間去上廁所的途中，我從走廊的窗戶往外看了一下。從那邊可以看到爺爺位在中庭另一邊的房間，我就在那裡看到了亮光。」

「咦？爺爺的房間亮著燈嗎？」

「怎麼可能嘛，都停電了啊。是更小的亮光喔。」

「啊啊，原來是這樣啊。」大姊姊妳是笨蛋嗎？雖然麗子從少年的話裡聽出了這樣的弦外之音，但是她沒有顯露怒氣，繼續發問。「那麼，是有誰在爺爺的房間裡使用手電筒囉？」

「不對，那不是手電筒的燈光。我想那大概是火吧。感覺上像是小小的橘色火焰，在窗簾的縫隙裡晃來晃去的。」

「你說火？」之前一直默默聽著的風祭警部，彷彿再也忍不下去似地插嘴說道。「我說小朋友啊，你沒看錯吧？」

「我絕對沒看錯喔。因為我看到了兩次呢。去廁所的時候看到了，從廁所回來的時候也看到了。」

由於少年的描述很具體，麗子認為可信度相當高。而且，如果少年的證詞是事實的話，那就表示若林辰夫的死是他殺了。因為不管是誰在辰夫的房間用火，那絕不可能是辰夫本人。因為辰夫在凌晨一點左右就已經死了。這樣一來，那時候在辰夫的房間用火的人物，恐怕就是凶手。

「看吧，寶生！我的推理果然是正確的。」風祭警部露出洋洋得意的表情，向麗子誇耀著說。「犯人果然在深夜又回到了現場。為了回收摻有毒藥的酒瓶與字條。小朋友看到的一定是當時犯人手裡拿著的火光沒錯！」

風祭警部單方面的如此斷定之後，便一臉嚴肅地面對著雄太，

「小朋友啊，最後再告訴我一件事好嗎。你看到的火光是打火機的火？還是火柴？又

或者是蠟燭呢？」

「呃——我只是遠遠地看而已，怎麼可能知道這種事情嘛。叔叔你是笨蛋嗎？」

聽到少年這句再坦白也不過的話，風祭警部幼稚地揚起眉毛。「喂！我說你啊！」他對少年大聲斥喝。「不能叫我『叔叔』，要叫『大哥哥』！」

警部，這才是惹你生氣的重點嗎？麗子嘆了口氣，然後在心中向少年道歉。

——對不起啊，雄太，你說得沒錯，這位叔叔是笨蛋。

4

「這是波爾多產的Ch・Suduirant，年份是一九九五年。」

管家將高級白酒的標籤秀給癱坐在沙發上的麗子過目。等麗子點頭示意，他便靈巧地用侍者刀剝下封條，並打開軟木塞。往擦得光亮的高腳杯裡注入透明的液體。影山這一連串的動作非常熟練俐落，沒有分毫生澀。

這裡是能夠眺望夜景的寶生家大廳。麗子換上了和白天的褲裝截然不同的針織洋裝，看起來充滿了女人味。綁著的頭髮放下來了，裝飾用的黑框眼鏡當然也拿掉了。現在的她並不是女刑警，而是貨真價實的寶生家千金。讓自己完全放鬆的麗子舉起了玻璃杯，並將杯口湊向嘴邊。就在這個時候，麗子突然停下了手。

「這裡頭該不會下了毒吧……」

「您在說什麼啊?大小姐。」管家像是壓抑住情感般、以低沉的聲音說:「就算大小姐您對我下毒,我也絕不可能對大小姐下毒的。請您放心。」

「聽你這麼說,我更不可能放心了嘛——」管家那種說法,反而讓人感受到從骨子裡散發出來的惡意。該不會,這個男人其實很討厭我。麗子有時候會不由得這麼想。

「那麼,就讓在下用更符合理論的角度來說明吧。我在大小姐的面前拿出了全新的一瓶酒,在大小姐的面前打開瓶栓,然後在大小姐的面前將它倒進高腳杯裡——而且還是擦拭得一塵不染的酒杯。請問,在這過程之中,有容我下毒的餘地嗎?只要是在不使用魔術的前提下,要下毒是絕不可能的事情。」

「是啊,的確是這樣沒錯。」麗子將思緒抽離了當下,轉而投注在白天的那個事件上。「不過,犯人卻成功讓若林辰夫喝下了摻有毒藥的紅酒——那也是魔術嗎?」

聽到麗子的自言自語,管家影山眼鏡底下的雙眸忽然亮了起來。這一向面無表情的男人,只有在這種時候才會露出淡淡的笑容。這位名叫影山的男人,會一本正經地回答「其實我原本想當的不是管家,而是職業棒球選手或職業偵探」,是個徹頭徹尾的怪人。

「看來現在大小姐正幸運的——不,應該說是不幸的正在為難解的事件所苦惱吧。既然如此,不妨跟在下談談如何?或許會有什麼新發現也說不定。」

「我才不要呢。」麗子憤然地轉過頭去。「反正你又要罵我白痴,給自己尋開心吧。算了。與其被管家叫白痴，倒不如讓案件變成無頭懸案算了。」

「哎呀，請您不要說得那麼偏激嘛。在下可是一心一意地想要幫上大小姐的忙呢。」

看了恭敬低下頭的影山一眼之後，麗子無奈地搖了搖頭，將酒杯裡的白酒送進嘴裡。宛如果蜜般芳醇的甘甜，擴散到整個口中。沒有下毒，這的確是上等的白酒。麗子將高腳杯放在桌上之後，總算下定決心開口說明。

「好吧，那我就破例告訴你吧。」站在刑警的立場上，麗子還是不該讓案子變成無頭懸案，再說，影山的推理能力也確實不容小覷。至少要讓他解開摻有毒藥的紅酒之謎才行，這是麗子此刻真正的心情。「被殺害的是若林動物醫院的院長先生，若林辰夫，六十二歲。幫傭發現他在自己房間內喝下毒藥身亡……」

影山端正地站在麗子身旁，就這樣靜靜的聆聽她所說的一字一句。等到麗子大致把事情說完後。影山回答「我明白了」，然後像他過去所做的一樣，開始歸納問題的來龍去脈。

「簡單來說，事情是這樣子的。若林辰夫喝下某人送來的紅酒，被毒死了。毒藥不是混入酒瓶裡，就是塗抹在酒杯內側。可是，如果想把毒藥混在酒瓶裡的酒之中，就非得撕開封條、打開瓶栓不可。這樣反而會讓人懷疑這瓶酒動過手腳，所以照理說是不可行的。另一方面，假使要在酒杯裡塗上毒藥，考慮到辰夫有潔癖，這種方法恐怕也很難成功。」

「對，你說得沒錯。還有其他什麼比較好的方法嗎？」

「不，我想不到其他方法了。」影山立刻回答。「犯人恐怕還是透過剛才列舉的兩種方法之一，讓若林辰夫服下毒藥。那麼，到底是用哪種方法呢？我認為在酒杯內側塗抹毒藥的可能性極低。」

「因為辰夫有潔癖嗎？」

「那也是原因之一，不過還有另一個重點。那就是犯人特地選擇紅酒作為禮物。如果犯人想要使用在酒杯內側塗抹毒藥這種手段的話，那就絕對不能選擇紅酒。這是因為在成千上萬的器皿之中，沒有任何一種比玻璃高腳杯更重視透明感的了。舉例來說，即使是不在意燒酎酒碗上有汙漬、或是啤酒杯上有水垢的人，也能輕易發現玻璃高腳杯上的絲毫水垢或汙漬。總之，想要在杯子裡塗抹毒藥，沒有比玻璃高腳杯更容易被拆穿的了。儘管如此，犯人卻沒有選擇燒酎或啤酒，反而刻意選擇了紅酒作為禮物。意思就是說，犯人打從一開始，就沒有考慮過在酒杯內側塗抹毒藥這個手段。」

原來如此，影山說的話很合理。

「所以你認為犯人是在酒瓶上動手腳囉。可是相較於在酒杯上動手腳，想在酒瓶上動手腳不是更困難許多嗎？」

「這正是犯人的目的。越是認為沒有辦法動手腳的地方，犯人的伎倆就越難識破。」

「話是這麼說沒錯啦——可是要怎麼動手腳呢？先拔開瓶栓摻入毒藥，然後再把瓶栓給塞回去，這種做法可行不通的喔。畢竟在撕掉封條的時候，就已經留下動過手腳的痕跡了。」

「我明白。瓶栓沒有打開，封條也沒有撕掉。」

「這樣一來，酒瓶就一直處於密閉狀態啊。」

「不，大小姐。請恕我回嘴，紅酒酒瓶這種東西，可說是密閉的，卻也可說是沒有密閉的。從這個角度來看，酒瓶其實算是一種模稜兩可的容器。」

「是密閉的，卻又沒有密閉的——」麗子歪著頭。影山有時候會像這樣說出莫名其妙的話來，叫人傷透腦筋。「這是怎麼一回事？你解釋一下。」

「以紅酒酒瓶為例，酒瓶本身是玻璃製的，密閉能力確實相當好。可是瓶栓的部分，卻只是使用一般的軟木塞而已。拜這個軟木塞所賜，紅酒在保持密閉的同時，也能和外界的空氣接觸，藉此加速熟成。就像這瓶一九九五年波爾多產的白酒一樣——T字型的開瓶器可以輕易地刺進軟木塞，可見軟木塞這種東西原本就是既柔軟又富有伸縮性的材質，絕對稱不上是什麼密閉度極佳的東西。您覺得如何？大小姐。您不認為這裡有可以動手腳的空間嗎？」

「等、等一下。」感覺到影山的話裡有陷阱，麗子馬上對他下令。「你先拿一瓶全新未開封的紅酒過來。」

「遵命。」影山低頭行了一禮，過了幾分鐘後，便帶著一個標籤看起來很陌生的酒瓶回來。「請問這個可以嗎？大小姐。」

「喔——這也是波爾多嗎？」

「不，這是連鎖購物中心伊藤羊華堂買來的紅酒，一瓶只要一九九五日圓。」

「真的耶，價格標籤還貼在上面呢。」算了，這時候就別管什麼波爾多還是伊藤羊華堂了。「借我一下。」

麗子接過酒瓶後，先從正上方窺視瓶栓的部分。果然不出我所料——只消瞥過一眼，麗子的觀察就結束了。

「你看，影山。」麗子將酒瓶的頂端朝向管家。「看好了，軟木塞的頂端套著一個一圓硬幣大小的金屬罩子，然後周圍又包覆著封條對吧？這也就是說，軟木塞並沒有露出來。在這種狀態下，甚至無法碰觸到軟木塞。根本沒有什麼動手腳的空間嘛。」

麗子彷彿在誇耀勝利般，以從容不迫的動作拿起桌上的高腳杯，靜靜地送到嘴邊。可是影山卻絲毫沒有顯露出動搖的神色，反而透過眼鏡，對麗子投以同情的視線。

「請恕我失禮，大小姐。」

做了這樣的開場白後，影山接著說道。

「難不成大小姐的眼睛是瞎了嗎？」

麗子忍不住使勁一握，手中的高腳杯發出「劈哩！」的生硬聲響，同時應聲破裂。白酒從麗子緊握的手指間滴落。麗子默默地接下影山遞出來的手帕，用它來擦拭手指上的水珠。經過了一段過於冗長、再也忍受不了的沉默之後，影山率先開口。「失敬——如果惹您生氣的話，那真是非常抱歉——」

「如果道個歉就可以解決事情的話，這世界上就不需要警察啦！」麗子把濕掉的手帕揉成一團，朝管家扔了過去。「再說，你是哪隻眼睛看到我瞎了！話先說在前頭，我從小時候起，就只有眼睛視力特別好！」

「您說得是。說您瞎了確實是太過分了。」管家冷靜地接住丟到面前的手帕。「不過，大小姐的觀察力不足，也是無法否認的事實。」

接著管家用右手拿起一九九五圓的酒瓶，並且重新將瓶口的部分伸向麗子眼前。

「請您看仔細了，大小姐。的確，軟木塞並沒有露出來。就如同大小姐所說的一樣，軟木塞的頂端套著一個一圓硬幣大小的金屬罩子。不過，若是再更仔細去觀察的話，您應該就能看出罩子上有兩個像是用針戳開的小孔吧。」

「咦？」聽到影山突如其來的提示，麗子重新從正上方注視酒瓶。這樣一看，麗子才發現一圓硬幣大小的金屬罩子上，確實打了兩個小孔。而且透過小孔，就可以看到內部軟木塞的質地。「哎呀，真的耶——這是原本就有的嗎？」

「正是如此。這大概是用來加速紅酒熟成的氣孔吧。大多數市面販售的紅酒，瓶蓋部分都有這樣的小孔。您從來沒有注意到嗎？」

「是啊，反正我的眼睛瞎了嘛。」麗子也只能竭盡全力嘲諷自己了。「這個洞又怎麼樣了嗎？這種小孔，頂多只有針能通過喔。」

「所以說，犯人正是拿針穿過了這個小孔。當然，那並不是普通的縫衣針。而是針筒的針。動物醫院裡，應該有尺寸相符的針頭才對——這樣您應該明白了吧？」

「啊，原來是這樣啊！」麗子彈響了指頭。「犯人在酒瓶內注射了毒藥對吧！」

既然金屬套子上開了小孔，那麼針頭就能穿過富有伸縮性的軟木塞。犯人利用這個氣孔，將溶解在水裡的氰酸鉀裝在針筒內，注入酒瓶之中。這樣就能把毒藥混進紅酒之中，卻不必撕開封條，也不用拔掉瓶栓，外表看起來還是跟全新的紅酒一樣。犯人假借藤代雅美的名義，將這樣一瓶摻了毒藥的紅酒送進若林辰夫的房間。看過這個乍看之下沒有任何異狀的酒瓶，辰夫壓根沒懷疑裡頭被人下了毒。所以，辰夫打了一封道謝的郵件給藤代雅美，然後就自己打開了瓶栓。由於殘留在軟木塞上的針孔太小，辰夫沒能察覺，這也是很正常的。

「犯人還真是想到了可怕的方法呢。」詭計的底細揭穿後，麗子再次感受到那股讓人忍不住打起寒顫的恐懼。「不過話說回來，到底是誰做出了這種事情呢……？」

麗子輕聲這麼說完後，影山用一副驚訝不已的表情注視著麗子。

「哎呀，大小姐還沒有察覺到犯人是誰嗎？我還以為您早就知道了呢。」

「我怎麼可能知道啊。」就是因為不知道犯人是誰，警方才會那麼辛苦，而麗子也才得要忍受管家的出言不遜。「怎麼？難不成影山你知道犯人是誰嗎？」

「是的。這問題並不困難，光是用理論就可以解開了。」

這麼說完之後，影山轉而探討犯人的真實身分。

「值得注意的是少年若林雄太的證詞。少年指稱，凌晨兩點曾看到被害人的房間裡有橘色火焰在晃動。也就是說，這時候的確有誰在被害人的房間裡。而這個人物正是犯人。那麼犯人為什麼要在深夜裡前往辰夫的房間呢？當然是為了確認辰夫已死，同時回收犯罪的關鍵證據——那瓶摻有毒藥的紅酒。到這裡為止都沒問題吧？」

「嗯，風祭警部也是這麼認為的。」

「問題在於犯人在點著火光的狀態下進行事後處理。為什麼犯人要這麼做呢？」

「那當然是因為停電的關係啊。因為電燈不亮了，犯人才會點火取代燈光。」

「不過，現場備有手電筒。就掛在門口旁的掛勾上。而且，只要是若林家的人，任誰應該都知道那個地方有手電筒可以用才對。儘管如此，犯人卻不使用手電筒，反而仰賴火光來進行作業。這也就是說，犯人明知道可以使用手電筒，卻又刻意不用。但是反過來想，就算不使用手電筒，犯人也不會覺得不便，是不是這樣？」

「我懂了。你的意思是，犯人的手邊有更簡便、也更慣用的光源。對犯人來說，用那個就足夠了。簡而言之，犯人是個有抽菸習慣的人，平常隨身攜帶著打火機或火柴。你想說的就是這個意思吧？」

「正是如此。只不過，我不認為在作業時光靠火柴的光源就足夠了。畢竟在作業當中，不可能一支接一支地點亮火柴。」

「我也有同感。所以平常愛用火柴的輝夫並不是犯人。如果他是犯人的話，應該會毫不猶豫選擇使用手電筒才對。」

「是的。同樣的道理，圭一的妻子春繪也不是犯人。因為她並沒有抽菸的習慣。」

「為什麼你能肯定春繪沒有抽菸呢？的確，春繪並沒有在我們的面前抽過菸，可是也不能因為這樣就斷定她不抽菸啊。」

「不，大小姐，請您回想一下圭一的十元打火機瓦斯用光的情形。當時圭一並不是向春繪借火，而是特地跟弟弟修二借火。如果春繪是有抽菸習慣的人，那麼圭一應該會先跟坐在身旁的妻子借火，不是嗎？從這點來研判，春繪應該不是一個有抽菸習慣的人。」

「原來如此。」不愧是影山，光聽別人的描述，就能滲透到這個地步。「那麼犯人就是剩下的兩個人囉。圭一和修二兄弟。」

覬覦遺產的這兩人都有充分的殺人動機，而且兩人也都帶著打火機。究竟他們兄弟之中，誰才是行凶的犯人呢？

「犯人是修二。」影山出乎麗子意料、很乾脆地說出了結論。

「等一下。你該不會是想說『因為圭一的打火機沒瓦斯了』吧？雖然今天白天沒瓦斯了，但是昨天晚上說不定還有瓦斯啊。我覺得犯人是圭一才對，他的打火機沒瓦斯了，正是因為昨晚在殺人現場消耗太多瓦斯的緣故，難道不是這樣嗎？」

「不，圭一不可能單手拿著十元打火機，只用另一隻手在深夜中進行事後處理。請您仔細想想，大小姐。犯人在昨晚凌晨兩點時來到現場，並且回收了摻有毒藥的紅酒。如果只是要回收的話，的確單手拿著打火機也可以辦到。畢竟那不是多麼困難的事。可是在那之後，犯人又從櫃子上取出新的紅酒，拔掉瓶栓擺在桌上——問題就出在這裡。姑且不論其他動作，光說拔掉酒瓶瓶栓這項作業，怎麼樣也不可能用單手就能辦到。明明一旁就有手電筒這麼方便的用具，卻還是執意要單手拿著打火機完成這項作業嗎？我認為這是不可能的。」

「唔唔——你這麼說也對。」

的確，想在黑暗中拔掉酒瓶瓶栓的話，與其單手拿著打火機，還不如把手電筒打開放在一旁，用雙手進行作業，這樣就輕鬆多了。這種事情根本不必親自嘗試，就能瞭解了。

「可是這點修二不也一樣嗎？修二也不可能單手拿著打火機拔掉瓶栓吧。」

「不過，以修二的情況來說，他要完成這項作業並沒有什麼困難。這是因為他的打火機是 Zippo 的煤油打火機。」

「不管是 Zippo 的煤油打火機，還是十元打火機，打火機就是打火機嘛。還不都一樣？」

影山一臉惋惜地搖了搖頭。

「因為大小姐您不抽菸，會覺得一樣也是無可厚非。但是，實際上十元打火機和煤油打火機卻有著很大的差異。十元打火機這種東西在點火時，必須一直按著出氣按鈕釋出瓦斯才行。一旦將手從出氣按鈕上放開，瓦斯的供應就會中斷，在那一瞬間，火焰也會跟著熄滅。簡言之，十元打火機這種東西，當初設計時就故意做成不容許手指暫時離開。另一方面，說到煤油打火機——」

影山一邊這麼說著，一邊從襯衫的口袋內取出菸盒，並且像是在炫耀般當著麗子的面叼起了一根菸。在目瞪口呆的麗子面前，影山又拿出自己愛用的 Zippo 煤油打火機，將自己的菸點燃，然後把冒著火焰的打火機靠近麗子的眼前。

「煤油打火機是用這個浸透了煤油的棉芯部分來燃燒，因此一旦點起了火，只要不蓋上蓋子，火焰就會持續燃燒。所以——」影山將打火機擺在桌上。打火機宛如一支短短的蠟燭一般，靜靜地持續燃燒。「就算像這樣放開煤油打火機，火焰也不會消失。如此一來，就能用雙手打開瓶栓了。換句話說，不使用手電筒也不會感到困擾的人，並不是拿著百圓打火機的圭一，而是持有煤油打火機的修二。這就是我的結論。」

然後，影山就像是完成了一項大工程般，一面用悠閒的表情抽著菸，一面詢問麗子。

「您覺得如何呢?大小姐。」

麗子只能愕然的複誦著影山的推理結果，同時注視著緩緩升向天花板的煙霧。

第三話　美麗的薔薇中蘊含著殺意

1

五月下旬某個晴朗的早晨。在國立市南部的藤倉邸庭院前。

藤倉文代一如往常，在丈夫幸三郎的陪伴下散步。不過今年七十歲的文代雙腳不方便，無法行走。因此正確的說法是坐在輪椅上散步。負責推輪椅的是幸三郎。丈夫絲毫沒有露出厭煩的表情，陪著她散步。這個每天都會重複進行的晨間散步，對文代來說，是非常幸福的時光。

說起藤倉家，是多摩地區鼎鼎有名的老店「藤倉旅館」的創業者。丈夫幸三郎以前是那裡的社長，現在則是以名譽會長的身分過著隱居生活。因此，藤倉邸是座豪宅，庭院相當廣大。對於坐在輪椅上散步的文代而言，只需要在院子裡逛逛就足夠了。

在這樣的庭院一角，另有一棟別邸。最近那棟別邸來了一位新面孔，所以藤倉家瀰漫著一股尷尬的氣氛，讓文代感到煩惱不已。可是，今天經過別邸前面的時候，推著輪椅的幸三郎突然對文代提起這件事。

「關於高原恭子小姐，我打算答應俊夫跟她的婚事……」

「哎呀，是真的嗎?那真是太好了。俊夫也會很高興吧。」文代像是被說中了心事一般喜悅。「當然，我和美奈子也都贊成喔——只不過，雅彥又是怎麼想的呢?」

「沒問題的。如果由我來說的話，雅彥應該也能諒解的。」

文代和幸三郎膝下有兩個孩子，這兩個孩子都已經長大成人、事業有成。女兒美奈子今年三十五歲，已婚。現在有個正在上幼稚園的女兒，名叫里香。美奈子的丈夫雅彥，雖然年紀才四十五歲，卻已經接任「藤倉旅館」的社長之職。幸三郎之所以能夠退出經營，並且悠閒過著隱居生活，正是因為有了雅彥這個女婿來幫忙。如今的藤倉家，可說是以美奈子與雅彥夫婦為中心。

另一方面，兒子俊夫今年三十四歲，在「藤倉旅館」任職社員，不過目前還是單身。

大概在半個月之前，俊夫將一位帶著黑貓的女性引進藤倉家，並且讓她住在別邸裡。俊夫會這麼做當然有他的理由，代表他們關係匪淺，不過，幸三郎卻堅決不肯承認那位女性——高原恭子在家中的地位。但事到如今，就連頑固的幸三郎，似乎也顯現出了軟化了的態度。

「昨晚發生了什麼事嗎？話說回來，寺岡好像來了呢。」

寺岡裕二是俊夫大學時代的同窗，而且論關係也算是藤倉家的親戚。

「在打麻將啦。我、雅彥、俊夫，還有寺岡四個人一起打。」幸三郎用帶有睡意的聲音說道。「寺岡後來乾脆住下來了，所以他現在人應該還在那邊吧。」

這時，就像是緊隨在幸三郎的說話聲之後，庭院一角響起了男性的慘叫聲。那急迫的慘叫聲，聽起來活像是大清早就在庭院裡見到鬼一樣。

「哎呀，這不是寺岡的叫聲嗎？」文代一邊自己用手推著輪椅前進，一邊叫道。「好像是從薔薇花園那邊傳來的。到底發生了什麼事呢?」

藤倉邸的一角,是幸三郎凝聚心力打造出來的正統派薔薇花園。對於長年埋首於工作的幸三郎而言,只有薔薇是他唯一的興趣。

「不知道。總之先去看看吧。」

幸三郎迅速地推著文代的輪椅前往薔薇花園。那裡是個用樹籬區隔起來的空間,入口處有個纏繞著薔薇的門。兩人在門前遇見了女婿雅彥。雅彥似乎也是聽到慘叫聲才跑過來的。

「啊啊,岳父,剛才的慘叫聲到底是……」

「不知道。聽起來好像是寺岡的聲音……總之先進去裡面吧。」

幸三郎和雅彥穿過門口,衝進薔薇花園裡。文代也自己操作著輪椅跟在後面。

薔薇花園可說是藤倉邸中最獨特的空間。在那裡很難找到薔薇以外的植物,所有地方都被薔薇給占據了。有「Cocktail」、「Parade」、「Maria Callas」等等,各式各樣品種的薔薇。有些是栽種在花盆裡,有些是茂密地種在花壇中,還有一些是纏繞著牆壁或支柱生長,花朵形狀也是各異其趣。而且,五月下旬的這個季節,正是薔薇盛開的時節。如今到處都綻放著多采多姿、爭奇鬥豔的薔薇,每個角落都洋溢著濃厚的香氣與色彩。那是一幅美到幾乎讓人喘不過氣來的光景。

在如此華麗的空間中,寺岡裕二似乎被嚇得蹲在地上,睜大的眼睛裡透出了強烈的驚惶神色。

「到底是怎麼了?寺岡。發生了什麼事嗎?」

雅彥問完後，寺岡裕二伸手指向薔薇花園正中央一帶。

「啊、啊啊……你、你看那邊!」

在那裡有一張薔薇床。不過，其實那不是真正的床。而是一個大約半坪大小的平臺，上頭纏繞著薔薇的藤蔓。茂盛的藤蔓就像是綠色的床墊，大紅色的花朵則幫四周增添色彩。

在這張薔薇床上，一位女性靜靜橫躺著。那是高原恭子，她那副模樣彷彿在薔薇的包圍下睡得正甜一般，由於她還穿著睡衣，那景象還真容易讓人誤會。可是，有人能夠在薔薇床上安然入眠嗎?假使有的話，大概只有感覺不到棘刺刺痛的死人吧。不會吧，文代這麼想著，凝視著躺在薔薇床上的美女。沒錯——

高原恭子像是睡著似的，死在薔薇床上了。

2

說起國立市自古流傳至今的名勝古蹟，就是谷保天滿宮了。聽說那裡是關東一帶最古老的神社。日本人常戲稱不懂得人情世故的人為「野暮天」，據說這個詞正是從谷保天滿宮＝谷保天轉化而來的（註3）。不過，這種民間傳說究竟是真的還是假的呢？上「yahoo!」搜尋一下，或許就能查出真正的由來吧，但是寶生麗子現在可沒有那個閒工夫。

在距離谷保天滿宮不遠的地方，一處有錢人家的豪宅中發生了事件。接獲緊急通報趕往現場的麗子，看了眼前那睡在薔薇床上的怪異屍體，忍不住倒抽了一口氣。

白皙吹彈可破的肌膚，如西洋人偶般五官端正的面孔，柔順的黑髮和綠色藤蔓互相糾結，盛開的大紅色薔薇在一旁增添色彩……

剛看到屍體的那一刻，寶生麗子的腦海裡頓時浮現出「美麗」、「漂亮」或是「華麗」等形容詞，不過站在刑警的立場上，這種話當然不能隨意脫口而出。麗子用指尖輕輕推了推裝飾用的黑框眼鏡，默默觀察著屍體。在薔薇包圍下橫躺著的美女屍體，那簡直就像是繪畫一般的光景。到底是誰做出這種事情呢？——正當麗子想到這兒的時候，背後傳來了耳熟的男性聲音。

「被害人是高原恭子，二十五歲。據說是最近寄宿在藤倉家的食客——不過，還真美啊。這麼漂亮又華麗的殺人現場，非常難得呢。簡直就像是繪畫一樣嘛！」

麗子在心中偷偷想，那絕不能失禮說出口的話，被這個男人輕易說出來了。麗子瞬間興起了一股想緊緊掐住男人的脖子，大喝一聲「你這個白目！」的衝動。然而令人感到遺

3　野暮天和谷保天兩者同音。

憾的是，這個男人偏偏是麗子的上司，職稱為警部，所以麗子不能掐住他的脖子。在莫可奈何的情況下，麗子透過眼鏡對上司投以冰冷的視線，並且委婉地指責剛才的發言。

「風祭警部，您的發言太輕率了，居然說什麼美不美的。這裡有人被殺害了啊。」

「輕率？妳在說我嗎？」

用手往胸脯一拍的風祭警部，今年三十二歲，目前單身。其實，他是知名汽車大廠「風祭汽車」的少爺。據說，他是因為想在愛車亮銀色 **Jaguar** 上加裝警車警示燈，開著它奔馳在道路上，為了實現這個單純的夢想，他才特地通過考試、當上警官——這樣的流言已經煞有其事地傳遍了整個國立署，他就是這麼一個古怪的警部。

「妳誤會了，寶生。我只是說這個地方很美而已，又不是說『美麗的屍體』。我是在稱讚這個出色的薔薇花園啊。」這樣巧妙地迴避了麗子的非難後。「不過，我家的花園是這兒的兩倍大呢。」風祭警部又像是毫不相干似地說出這番冠冕堂皇的炫耀之言。

默默聽著警部吹噓的麗子，是國立署的年輕刑警。其實她真正的身分是「寶生集團」總裁——寶生清太郎的女兒。順帶一提。「寶生集團」是觸角擴及金融、不動產、鐵路、電力、物流、以及推理小說出版業等等，沒有什麼事辦不到的複合大企業。不過，由於自家名號太響亮了，在古板的警界職場裡反而會造成阻礙，因此麗子在工作時，都會刻意隱瞞自己是「寶生集團」千金的事實。她謊稱 **Burberry** 的高級長褲套裝是「在丸井國分寺店買來的特價成衣」。**ARMANI** 的眼鏡則謊稱是「在眼鏡連鎖超市買的促銷商品」。

不識精品品牌又粗枝大葉的男刑警們，直到現在都沒有看穿她這個一戳就會破的謊言。

正因為麗子生性十分謹慎，就算風祭警部再怎麼誇耀自家的薔薇花園，她還是連眉毛都沒動過一下。只不過，她已經在腦海中使勁地勒住警部的脖子，並偷偷發起牢騷——我家的花園可是你家的三倍大呢！

「話說回來，寶生。」完全不曉得自己在麗子的腦海裡遭受到什麼樣的待遇，風祭警部開口問道。「看了這具美麗的屍體後，妳沒有發現什麼嗎？」

「結果您還是說了『美麗的屍體』喔，警部。」

不過算了，這種事情就先擺到一旁不管了——打從第一眼看到屍體的那一刻，麗子就對好幾個疑點感到非常在意。首先是被害人的服裝，是輕薄的睡衣。而且被害人打著赤腳，屍體周圍也找不到鞋子或拖鞋之類的東西。綜合以上這幾點來判斷，被害人並不是在這座薔薇花園裡遭到殺害的，而是在其他地方，而且還是室內遇害。換句話說，犯人在這座宅邸的某處殺死了被害人後，又刻意將屍體搬到這座薔薇花園裡，將她平放在薔薇床上。可是，犯人為什麼要大費周章地做出這種事情呢？原因就不得而知了——正當麗子朝各個方向思考的時候，

「哎呀，妳不懂嗎？那我就告訴妳吧。犯案現場並不是這座薔薇花園，而是某處的室內喲。妳看看被害人的衣著吧。還有被害人打著赤腳——」

風祭警部複述麗子腦筋裡剛才已經想過的事情。自己先問「妳沒發現什麼嗎？」再自

己回答「那我就告訴妳吧。」是風祭慣常又惱人的作風。不過，既然他的推理並沒有什麼謬誤，那也就沒什麼好抱怨的。站在部屬的立場，只能默默聽他講完那些早就已經知道的事情。真是受不了。

「警部，總之重點在於找出實際犯案的地點，以及犯人移動屍體的目的，對吧？」

「就是這樣，小姑娘。妳理解得很快喔。」

是啊，我想絕對比警部你還要快很多。還有，之前我就已經說過好幾次了，不要再叫我「小姑娘」什麼的，聽了讓人很不爽！我才不是什麼「小姑娘」，我是「大小姐」！

高原恭子的屍體被警方慎重地從薔薇床上移了下來，隨後馬上進行勘驗。

根據驗屍結果，死亡時間推測為凌晨一點左右。脖子周圍有被某種東西勒過的痕跡，因此死因推斷是遭到絞殺、窒息而死。凶器並不是像帶子或繩索那麼細，而是更粗的東西——好比說毛巾之類的物品。關於遭到殺害後才移動屍體這一點，驗屍官也表達了和麗子他們相同的見解。

驗屍結束後，麗子他們在薔薇花園的出口處，向四個人詢問發現屍體時的狀況。

「藤倉旅館」的名譽會長藤倉幸三郎與妻子文代，身為現任會長的女婿藤倉雅彥，還有昨晚在這座宅邸過夜的寺岡裕二等共四人。其中最先發現屍體的是寺岡裕二，聽說他是藤倉家的親戚。

「雖然說是藤倉家的親戚，但是自從大學時代之後，我已經有十二年沒來過這座宅邸了。因為當年還沒有這座薔薇花園，所以我想要好好欣賞一下。剛好今天早上又難得早起，於是我便趁這個機會去薔薇花園看看。結果才剛到那裡，就發現有個人躺在薔薇床上，走近一看我才發現那是高原小姐。因為她的臉就像死人一樣蒼白，我嚇得忍不住慘叫起來——我說的都是真的。請您相信我，刑警先生。」

寺岡裕二似乎敏感地察覺到被人懷疑的視線了，只見他雙手合十地懇求著。麗子注意到，盯著他的風祭警部眉毛微微抽動了一下。

「那好吧。」風祭警部若無其事地點了點頭，然後面向其他三人。「所以你們三個聽到從薔薇花園的方向傳來寺岡先生的慘叫聲，便急忙趕了過來。在那裡，你們發現了蹲在地上的寺岡先生，以及高原恭子小姐的屍體，於是馬上打一一〇報警——是這樣沒錯吧？」

「是的，大致上的情形就是這樣。您說是吧？岳父。」

「啊啊，是啊。刑警先生說得沒錯。」

雖然雅彥和幸三郎互相點了點頭，但語氣聽起來卻有點含糊。

「原來如此，我明白了。」風祭警部暫且點點頭，又說：「不過話說回來，平常是哪位在照顧這座薔薇花園的呢？」

「是外子。」文代回答。「外子的興趣是種薔薇，所以不管是白天還是晚上，只要一有時間，他就會待在薔薇花園裡。因為這樣，外子的手上總是傷痕累累。」

「原來如此，畢竟薔薇有棘刺嘛。那麼我請教幸三郎先生。今天早上您看到薔薇花園的時候，有沒有發現什麼和平常不同的地方呢？當然，我的意思是，除了被害人的屍體以外。」

「不，沒有什麼特別奇怪的地方。除了有屍體以外，我想，其他都跟平時一樣。」

「雅彥先生覺得如何呢？」

「我平常很少走進薔薇花園裡，所以不是很清楚。」

「是嗎？我瞭解了——不過為了慎重起見，我再問各位一個問題。」風祭警部對著三位男性單刀直入地問道。「各位該不會動過那具屍體吧？」

三位男性同時倒抽了一口氣。看來風祭警部的質問，確實命中了他們的痛處。他這是歪打正著吧？麗子暗地裡這麼想。

「哼，這也不是什麼值得驚訝的事。」和謙遜的話語相反，警部的表情顯得十分傲慢。「剛才寺岡先生合起雙手的時候，我注意到他右手手背上有剛刮出來的新傷痕。另外，雖然幸三郎先生雙手手背上的確傷痕累累，不過更仔細觀察，其中也看得到非常新的傷痕。我正覺得奇怪，於是看了一下雅彥先生的手背，結果又發現了類似的傷痕。這些傷痕到底是怎麼來的呢？當然囉，那肯定是薔薇造成的刮傷沒錯。可是，平常有在照顧薔薇的幸三郎先生手上有傷也就罷了，為什麼連雅彥先生和寺岡先生的手上也有同樣的傷痕呢？」

三位男性老老實實地聽著警部的話。警部又接著說：

「你們三個人雖然說，發現屍體之後，馬上就打了一一〇報警，但其實你們全都在說謊。你們觸碰過屍體了，並移動了位置。手背就是在那個時候被薔薇的棘刺給刮傷的。我有說錯嗎？」

原來如此。風祭警部偶爾也很敏銳嘛，麗子難得感到佩服。不過瞭解了警部的出身的話，這點程度的細節，對他來說相當平常也說不定。

聽了風祭警部尖銳的指摘後，三位男性似乎難為情地想要掩藏手背上的傷痕。看來似乎是被警部說中了。警部窮追不捨地繼續追究下去。

「我們已經瞭解到，高原恭子小姐的屍體是在遇害之後才被搬到薔薇花園裡。沒想到居然是你們三個人把屍體放在那張薔薇床上……」

「請、請等一下，刑警先生，那是誤會。」急忙插嘴打斷敘述的是幸三郎。「的確，就如同刑警先生所推測的，我們三個人曾經碰過屍體。屍體多少移動過也是事實。不過，把屍體搬到薔薇花園裡的並不是我們。我們只是在薔薇花園裡發現了屍體而已。」

「岳父說得沒錯。」雅彥接在幸三郎後面繼續說。「我們一開始懷疑她是不是真的死了——畢竟那個樣子看起來就像是睡著了一樣——所以才會動手搖晃她的身體，檢查是否還有脈搏。無論是誰，都會這麼做吧。知道她確實死了之後，我們才打算把她從那個平臺上放下來。畢竟在場剛好有足夠的人手。」

「就是說啊。」寺岡裕二感到抱歉似地點著頭這麼說道。「總覺得像那樣子一直被薔薇的藤蔓纏住，她也未免太可憐了，所以我們才……」

「嗯，是啊。」幸三郎彷彿在回想剛才的情景，喃喃說道。「可是實際上動手搬動時，我們才發現纏繞在屍體上的藤蔓糾結得比想像中還要嚴重，怎麼樣也無法解開。再加上我們都是空著手，所以棘刺會直接刮傷手，讓人痛得受不了。就在這個時候，一旁觀看的內人這麼說了：『這說不定是一起殺人事件，所以還是不要隨便碰觸屍體會比較好。』聽她這麼一說，我們才發現自己的行為有多麼輕率。事情就是這樣。」

這麼說完之後，幸三郎像是在道歉似地低下了頭。

第一發現者被眼前的屍體嚇得驚慌失措，於是不小心碰觸屍體，或是移動位置，這都是常有的事情。由於這些行為大多是出自善意，所以也不好多加責難了。儘管說從維持現場跡證的觀點看來，這麼做的確是會帶來不小的困擾。

風祭警部清了一下喉嚨之後，便對著坐在輪椅上的文代問道：

「他們說的都是真的嗎？」

「是的。我一直看著外子他們的行動。沒錯。外子他們雖然觸碰了恭子小姐的屍體，但時間非常短暫。還請您見諒。」

「既然如此，那就沒辦法了。」

這麼說完，風祭警部結束了這個話題，轉而提出新的疑問。

「話說回來，聽說高原恭子小姐這位女性，是最近寄宿在這個家裡的食客。關於那方面的事情，之後我再慢慢向各位請教，總之，可以先告訴我她住的地方在哪裡嗎？」

被害人穿著睡衣遭到殺害。因此，她的寢室是犯案現場的可能性很高。風祭警部這樣詢問基本上是很合理的。

「恭子小姐住在別邸裡。您看，就是那棟建築物。」

文代這麼說完之後，便伸手指向距離薔薇花園五十公尺外的一棟平房。

麗子和風祭警部立刻穿過庭院，前往問題所在的別邸。寬廣的庭院裡，除了薔薇以外，還可以看到其他各式各樣的植物。有蘭花的盆栽，還有藤架。池塘裡漂著蓮葉。由於正值開花時節，種在花壇裡的三色堇與香豌豆花都綻放出不輸薔薇的豔麗花朵。走在這些花叢之間，最令麗子感到佩服的一點，就是藤倉邸這個廣大的庭院，竟然是個完備的無障礙空間。宅邸內大概也同樣經過了一番用心設計吧。當然，這必定是考慮到坐著輪椅生活的文代，才會進行這樣的修改。

兩位刑警抵達了別邸。從近距離看去，這棟建築物雖然名為別邸，但實際上卻相當氣派。玄關前有一叢叢的杜鵑花，紅紫色的花朵正值開花供人觀賞的好時節。

根據文代的說法，這棟別邸原本是美奈子與雅彥夫婦新婚當時居住的地方。不過在小孩出生之後，房子就稍嫌狹窄了，所以現在女兒夫婦是住在主宅那邊。聽說高原恭子就是在房子剛好空下來的時候，搬進了藤倉家。

風祭警部用戴著白手套的手轉動玄關門把。門沒有上鎖，就這樣悄然無聲地打開了。兩位刑警踏進屋內。走廊兩側有好幾間房間，其中一間房間特別吸引了兩位刑警的注意，那裡似乎是高原恭子用來當作寢室的房間。雖然那是個簡單樸素的房間，但裡頭顯然很凌亂。

「噢噢，妳看看，寶生。」

「是，我正在看，警部。」

床鋪靠在牆邊，白色的棉被有一半從床上滑落下來。枕頭扔在鋪了地毯的地上。桌上有翻倒的咖啡杯。兩張椅子的其中一張橫倒在一旁。鋁窗打開了一半。

「看來幾乎可以確定有人在這裡發生過爭執呢。」

風祭警部單方面這麼斷定後，便自顧自地說道。「昨晚一點左右，高原恭子和某個人待在這個房間裡。那傢伙可能是打開窗戶入侵房間，也可能是高原恭子自己請他進來的。無論如何，兩人在這個房間內起了爭執，然後那個人勒住高原恭子的脖子，殺害了她。換句話說，這裡就是犯案現場。」

警部的推理比想像中要來得單純。因此麗子在不惹惱上司心情的限度內，陳述自己的意見。

「原來如此。事情或許就跟警部所說的一樣。可是警部，這房間的混亂情況，也有可能是犯人故意偽裝的呀？」

「偽裝？」警部的表情一瞬間愣住了。「啊啊，寶生，這當然有可能啊！我們當然得考慮這種可能性。當然，我一開始就注意到這點了。」

雖說剛才的這段話裡，出現了多得過火的當然，風祭警部還是一樣，想「當然」也沒有察覺到。

「沒錯，犯人也有可能是事後將這棟別邸偽裝成像是犯案現場一樣。畢竟，如果這裡是犯案現場的話，犯人就得扛著屍體移動五十公尺以上，才能抵達薔薇花園。扛著屍體移動五十公尺嘛。看在被害人是身材苗條的女性，有體力的男性大概勉強搬得動吧，不過即使如此，那還是一項相當吃力的工作。嗯，實際的犯案現場，或許更接近薔薇花園也說不定。」

這麼說完之後，風祭警部用手背拭去了額頭上冒出的汗珠。

3

家裡的相關人士都被召集到藤倉邸的大廳來。除了已經打過照面的四個人，也就是幸三郎與文江老夫婦、雅彥、以及寺岡裕二以外，還多了老夫婦的長女，也就是雅彥的妻子美奈子，以及美奈子的弟弟俊夫。俊夫是個相貌端正的美男子，但眼睛卻像是哭腫了似地變得紅通通的。

「首先我想請教被害人高原恭子住在藤倉家別邸的理由。她跟藤倉家究竟是什麼關係呢？」

正當風祭警部環視著大廳裡的一群人時，哭紅雙眼的俊夫慢慢抬起臉來。

「恭子是我帶回這個家的女人。我原本打算要和她結婚的。」

這麼說完後，俊夫結結巴巴地道出了高原恭子來到藤倉家之前的故事。

俊夫和高原恭子是在他工作上經常出入的高級俱樂部裡認識的。換言之，她是從事特種行業的女人。由於她擁有出色的容貌，再加上為人聰明又細心，因此俊夫很快就被她所吸引。雖然俊夫頻繁造訪她的店，不過就在這個時候，她工作的俱樂部突然歇業了。因為這個緣故，她也不得不離開當初跟店裡租用的公寓。此時對陷入窘境的可憐女性伸出援手的就是俊夫。俊夫邀請高原恭子來自己家的別邸居住。當然，俊夫本人也不否認，自己的目的是希望將來可以和高原恭子結為連理。

於是高原恭子便帶著不多的行李與一隻黑貓，搬進了藤倉家的別邸。那是距今大約半個月之前的事情。

「嗯，黑貓啊？」風祭警部對這特別無關緊要的線索感到興趣。「這麼說起來，別邸裡並沒看到貓呢。各位知道被害人飼養的貓在哪裡嗎？」

「聽您這麼一說，從今天早上起，就沒有看到貓了。」文代呢喃著說。「有誰看到過嗎？」

藤倉家的一群人全都搖了搖頭。黑貓下落不明，為了慎重起見，麗子在腦海裡記下了這件事情。

「好吧，這事就算了。」這麼說完後，風祭警部便將話鋒直轉向觸及核心的正題。「話說回來，雖然我這麼說有點失禮，不過，突然把從事特種行業的女性帶回藤倉家，家人難道不會相當排斥嗎？你說是不是？俊夫先生。」

「是啊，您說得沒錯。一開始所有人都反對讓她住在別邸，但我卻硬是讓她住下來了。因為我想，只要住在一起話，大家一定很快就能了解她的為人。」

「原來如此。那麼實際上又是怎麼樣呢？在一起住了這半個月之後。」

風祭警部環顧這一家人，見到美奈子舉起了手。

「我和母親馬上就跟她熟絡起來了。不知道是不是因為同樣都是女性，比較不用在意身分的關係，才經過短短幾天的相處，我們和她就已經完全沒有隔閡了。她講話非常風趣，是個好女孩呢。我在想，如果她能跟俊夫結婚的話也不錯。只不過外子好像很抗拒的樣子。」

「喔，是這樣嗎？雅彥先生。」

「這也是沒辦法的事啊，刑警先生。」雅彥愁眉苦臉地說。「畢竟家裡突然來了個來歷不明的女人呀，怎麼可能隨隨便便就答應他們的婚事嘛。岳父應該也是這麼想的才對。」

「嗯。」幸三郎輕輕地點了點頭。「可是刑警先生，我一開始的確是反對兩人結婚。不過和她相處了這半個月之後，我多少也有意答應了。不，我昨晚已經決定要認可兩人的婚事了。」

「哎呀，是這樣嗎？岳父。我都不知道呢。」

「對了對了。」文代像是回想起什麼似的，在輪椅上挺直了背脊。「昨晚男人們好像在一起打麻將的樣子。當時發生了什麼事嗎？」

面對文代的詢問，俊夫無力地回答。

「這場牌局是我安排的。我想要請寺岡幫忙美言幾句。」

「請寺岡先生幫忙美言幾句？」

風祭警部將視線投向寺岡裕二。寺岡一邊搔著頭，一邊說明。

「那個，其實我和高原恭子打從學生時代開始就認識了。帶俊夫到店裡去給她捧場的也是我，可以說我就是促成兩人姻緣的媒人。我聽俊夫說家人反對他們倆結婚，希望我可以助他一臂之力。於是便安排了昨晚的麻將大會。」

「也就是一邊打麻將，一邊向幸三郎先生與雅彥先生灌輸高原恭子的優點囉？」

「是啊，就是這樣。比方說她的人品有多好啦，作為結婚對象是多麼理想啦，我趁著打麻將的空檔，不停地替她美言。不過我可沒有誇大其詞喔。事實上，只要不用『特種行業的女人』這種偏見去看她的話，她其實是個非常平凡，個性爽朗的女性罷了。」

所以寺岡裕二的支援，至少對幸三郎產生了效果。高原恭子與俊夫的婚事即將要實現了。但是就在這個時候，高原恭子遭到殺害。也就是說，這起案件是不贊成她跟俊夫結婚的人所犯下的囉？

這麼一想，最可疑的就是直到最後都反對兩人結婚的雅彥。當然不能就這麼快就下定論啦。或許有人表面贊成，內心卻依舊對兩人的婚事感到不快也未可知。

「順便請問一下，那場麻將大會是在哪裡舉行，又打到了幾點呢？」

「在二樓的娛樂室舉行，大概打到半夜十二點左右吧。」幸三郎回答。「我們邊喝酒邊打牌。到了十二點左右，俊夫開始打起盹來，所以我們就自然而然地解散了。俊夫好像直接倒在房間內的沙發上睡著了。我和雅彥分別回到了自己的房間。寺岡則是睡在客人專用的房間裡。」

「那麼凌晨一點左右案發的時候，各位都是獨自一個人囉？」

「這個嘛，我和文代的寢室是分開的，雅彥和美奈子也是。如果是凌晨一點的話，大家應該都是自己一個人在睡覺吧。」

聽了幸三郎所說的話，藤倉家的相關人員全都點了點頭。

就在這個時候——

「那個。」美奈子戰戰兢兢地開口說。「我有件事情想問問媽。」

文代露出驚訝的表情，轉頭面向女兒。

「哎呀，是什麼事啊？美奈子。非得現在問不可嗎？」

「嗯，大概吧。」這麼說完之後，美奈子對母親丟出一個意想不到的問題。「媽，深夜一點左右，您跟爸有一起在庭院裡散步嗎？」

文代和幸三郎老夫婦像是搞不清楚狀況般面面相覷。

「沒有啊，我才不會大半夜地跑去散步呢。你說是不是？老公。」

「是啊。我和你媽都是在早上散步。從來沒有在晚上散步過喔。」

「這、請等一等。妳說深夜一點左右。」

對這句話不可能充耳不聞的風祭警部插嘴說道。這也不無道理。畢竟深夜一點前後，正是與高原恭子的推測死亡時間相符的時間帶。「美奈子小姐，妳在那個時候看到了什麼嗎？」

「是的。其實我昨天半夜精神很好，怎麼樣也睡不著。所以我就打開二樓寢室的窗戶眺望庭院，順便抽根菸。大概是在凌晨剛過一點的時候吧，我看到有誰推著輪椅穿過庭院，然後往薔薇花園那邊走去。我還以為那一定是爸跟媽一起在庭院裡散步……」

聽了美奈子意外的發言後，雅彥臉色大變。

「妳真笨啊。岳父他們怎麼可能在那種時間去庭院裡散步呢？」

「可是我想說爸媽也有可能失眠嘛。」

「這麼說來，」寺岡裕二代替一家人說出了縈繞心中的想法。「難不成美奈子小姐看到的是犯人？而且就是犯人把屍體搬運到薔薇花園的那一幕！」

所有關係人同時將視線投向風祭警部。

「原來如此。」警部嚴肅地點點頭後，便開口詢問坐在輪椅上的老婦人。「文代女士的寢室是在一樓對吧？」

「是的，因為那樣移動起來比較省事。」

「那麼昨晚您就寢的時候，輪椅是擺在床的旁邊吧？」

「嗯嗯，當然。我一直都是這樣做。」

「那麼，假如您在睡覺的時候，某個人偷偷闖入了您的寢室，把那臺輪椅給帶走，您認為這有可能嗎？」

「這種推測真是恐怖。」文代露出厭惡的表情，皺起了臉。「不過我認為那是有可能的。因為我昨晚睡得很熟，直到天亮之前都沒有醒來過。」

「這樣啊。順便再請教一個問題，這房子裡有沒有其他輪椅呢？比方說備用輪椅，或是以前使用過的舊輪椅。」

「不，沒有。輪椅就只有這一臺而已。」

「是嗎？這就錯不了啦。」風祭警部很快就下了結論。「犯人殺害高原恭子小姐後，暫時借用了文代女士的輪椅。然後將屍體放在輪椅上，運送到薔薇花園裡。只要使用輪椅的話，搬運屍體就變得輕鬆多了。」

聽了風祭警部的結論，文代一臉不悅地打算從輪椅上站起身來。

4

詢問完相關人士之後，刑警們從大廳走向後門。後門也跟玄關一樣設置了斜坡。風祭警部突然指著那條斜坡，像是發現了什麼稀奇的東西一般。

「寶生，妳有注意到嗎？這個藤倉家的宅邸、別邸，還有庭院，全都是無障礙空間呢。雖然我早就察覺到就是了。」

「……」其實麗子也早就察覺到這點了，所以並不打算回答。

「真是太適合了，這房子簡直就像是專門為了用輪椅搬運屍體而建造的嘛！」

「這麼說會不會太過分了點？」這房子當然不可能是為了方便犯人用輪椅搬運屍體而建造的。

「總之，這樣就知道移動屍體的手法了。剩下的問題是犯人的目的。犯人為什麼要大費周章的把屍體運送到薔薇花園裡呢？我總覺得只要解開這個謎題，就能知道這起事件的真相了——哎呀，這是什麼聲音？」

走出後門的時候，風祭警部停下來四處張望著。後院的一角，可以看到一間木造的小屋。從拉門與窗戶的樣式看來，那裡似乎不是供人居住的地方。

「那是倉庫嗎？裡面好像有什麼人呢——」

警部像是被激起興趣似地朝小屋走去。麗子也緊跟在後。小屋入口處的拉門開了一道窄縫。往裡頭一看，原來是一間倉庫。往上堆疊起來的瓦楞紙箱、滑雪用具、露營器具、還有現在已經用不著的嬰兒床與木馬、以及嬰兒的玩具等眾多物品，亂七八糟隨處堆放在倉庫裡。

在倉庫裡頭，有個頭上綁著紅色緞帶的小女孩。印象中，曾聽說過雅彥和美奈子夫婦有個正在上幼稚園的女兒。就是這個女孩嗎？

小女孩坐在瓦楞紙箱上注視著嬰兒床。嬰兒床裡有個黑色的物體……那是一隻貓。

「原來如此，正想說被害人的貓不知道跑哪兒去了。原來是在這種地方啊。」風祭警部低聲地這麼說完後，便把拉門打開。接著他竭盡全力、保持和藹可親的笑容開口說：「哎唷，小姑娘，妳叫什麼名字啊？」並走向小女孩。

「……不行，」小女孩一瞬間露出了害怕的表情。「媽媽說不可以隨便跟不認識的大叔說話。」然後說出了以這個年紀的女孩來說一百分滿分的模範回答。

「是嗎？不過妳不用擔心。因為我不是『大叔叔』，而是『大哥哥』。好了，小姑娘，妳叫什麼名字？今年幾歲？」

「那個，人家叫做藤倉里香，今年五歲。」

「唉，我說警部，看您幹了什麼好事啊……」麗子不禁抱住了頭。如果這女孩在不久的將來，被不認識的大哥哥拐走的話，你要怎麼負起責任啊！麗子把眼前危險的大哥哥推到一旁，自己面對著里香。「里香在這種地方做什麼呢？」

「那個，里香走到倉庫前面的時候，聽到裡面傳來探戈的聲音。所以里香把門打開來看看，結果探戈真的在裡面。然後里香就幫牠治療了一下。」

「探戈？」麗子思考了一下，馬上就明白那是黑貓的名字。「不過治療又是什麼意思呢？」

「探戈牠受傷了。」

「是這樣啊，我看看喔。」麗子重新注視著嬰兒床裡的黑貓。黑貓以稍微提起右前腳的姿勢，用三隻腳搖搖晃晃地站著。「真的耶。右前腳看起來好像很痛的樣子。真可憐。」

「什麼！妳說貓受傷了！」風祭警部用格外響亮的聲音這麼大叫後，便注視著嬰兒床內的黑貓。「唔唔……的確是受傷了……這麼說來，該不會……」

這時，不知道是不是聽到了警部的叫聲，美奈子突然從倉庫的入口探頭進來。

「哎呀，里香妳這孩子，原來跑到這種地方啦。而且刑警先生也在。怎麼了嗎？刑警先生。這裡是倉庫，裡頭只放了一些平常很少使用的破爛東西呢。」

「喔喔，太太，妳來得正好。我有點問題想要請教妳。這隻黑貓就是高原恭子小姐養的那隻貓嗎？」

「哎呀，原來在這裡啊。是啊，沒錯。這是恭子小姐的貓。恭子小姐非常愛貓，平常甚至還抱著貓一起睡覺呢。」

「抱著貓睡覺？那麼，昨晚這隻貓也在她的寢室裡囉？」

「這個嘛，我並沒有親眼看到，所以也不是很清楚，不過我想大概是吧。」

「請妳仔細看看，夫人。這隻貓的右前腳受傷了對吧？這隻貓從以前就這樣有跛腳的情形嗎？」

「哎呀，沒這種事喔。我昨天傍晚看到的時候，牠還活蹦亂跳的呢。而且也沒聽恭子小姐說貓受傷了——」

「果然是這樣。嗯嗯，真是非常感謝妳的幫忙。」風祭警部露出滿意的笑容面向麗子，並且像是誇耀勝利般指向嬰兒床裡的黑貓。「妳看，寶生。這正是不可動搖的證據。」

麗子順著風祭警部的話語望向黑貓。黑貓探戈躺在小小的被窩裡，舔著自己的右前腳。雖然警部說這是不可動搖的證據——「可是貓在動耶？」

「『不可動搖的證據』只是打個比方而已。貓當然會動。妳看，這隻貓的腳受傷了。」

「被害人養的貓受傷了，那又怎麼樣？」

「高原恭子果然是在那棟別邸的寢室裡遭到殺害的。」警部突然如此斷言道。「現場不是有爭執過的痕跡嗎？那才不是什麼犯人的偽裝。事實上，犯人就是在那間寢室裡下手的。」

風祭警部皺起眉頭，然後又滔滔不絕地激動演說起來。

「昨晚高原恭子被某個人殺害了。另一方面，在同一天晚上，她飼養的貓前腳受傷了。這兩個事件真的是個別發生、不相干的事情嗎？在飼主遭到殺害的當天晚上，那隻貓是因為偶然發生的另一件意外，使得前腳受了傷嗎？當然，這種可能性並不是完全沒有，不過機率恐怕很小吧。假設這隻黑貓其實是被捲進了飼主與犯人之間的爭執才受傷，朝這個方向去想反而更有說服力。牠大概是被人踩到腳，或是被人一腳踢飛了吧。總而言之，這隻貓碰巧出現在殺人現場，並且受到了牽連。那麼，在凌晨一點案發當時，這隻貓到底在哪裡呢？在別邸！這隻貓正和被害人一起睡在別邸的寢室裡！如果犯案現場是在別邸寢室以外的地方，這隻貓應該不會受傷才對！也就是說，別邸的寢室可以確認是犯案現場！怎麼樣啊？寶生！我的推理絕對錯不了的！」

「媽媽！大、大哥哥好可怕……」

目睹風祭警部異樣的魄力後，里香哭著緊緊抱住美奈子。

太好了。就算下次又被不認識的大哥哥搭訕，這女孩大概再也不敢隨便回話了吧。

5

當天晚上，回到寶生家的麗子鬆開上班時綁起來的頭髮，摘下工作用的黑框眼鏡，然後脫掉黑色套裝，換上了純白的連身洋裝。夜晚對麗子而言十分重要。在這段寶貴的時間裡，她可以暫時忘卻身為刑警的職務，恢復成平凡的富家千金。

麗子享用過晚餐的鴨肉後，久違的來到位於庭院一角的薔薇花園。話說寶生家的庭院大到連園藝師都會迷路，單以薔薇花園來說，面積就已經大得非比尋常。而且進入初夏的這個時節，適逢薔薇花季，整座薔薇花園都被絢麗的色彩與濃厚的香氣所圍繞。

「啊啊，怎麼會這麼美呢？還有這股香氣。簡直就像是——」簡直就像是今天早上發現屍體的現場一樣。一察覺自己的思緒突然被拉回現實世界中，麗子忍不住嘆了口氣。看來現在果然還是沒有悠閒賞花的心情啊。就在這個時候——

「確實十分美麗。」管家影山直挺挺地站在一旁，用銀框眼鏡底下聰穎的雙眸注視著麗子。「不過，無論是多麼美麗的薔薇，在今晚大小姐的美貌之前，恐怕都會相形失色了吧。」影山說出了最高等級的讚美之詞。

「哎呀，影山，你也真是的，講話怎麼那麼實在啊——」

「不敢當。」影山帶著淡然處之表情，恭敬低頭行禮。

這個名叫影山的男人，是受僱於寶生家的管家兼司機，也是麗子忠實的僕人。雖說他已經當上管家一職，但年紀還很輕，大概跟風祭警部差不多。修長的身材配上銀框眼鏡。外表上看起來好像非常值得信賴。不過實際上卻並非如此。他明明只是個下人，有時卻突然會表現出令人十分不快的態度，或是說出狂妄不遜的話語，讓麗子傷透腦筋。

就某方面來說，算是個很難應付的人物。儘管如此，由於他具備了相當優異的才幹，因此麗子仍舊沒有開除他——

「欸，影山，我有些事情想問你。」麗子一邊走在薔薇花園的步道上，一邊裝出漫不經心的模樣，小心地切入正題。「我是說假如喔，假如發生了一起殺人事件，而被害人的屍體在距離殺人現場五十公尺遠的薔薇花園中被人發現的話，犯人這樣故弄玄虛的目的到底是什麼呢？」

「大小姐。」管家眼鏡底下的雙眸瞬間露出異樣的光芒。「那究竟是什麼時候、又是在哪裡發生的事件呢？」

「我不是跟你說了是假設嗎！」

「請恕在下失禮，既然您會描述得那麼具體，那就必定是實際發生在某個地方的事件了。畢竟，大小姐您並不擅長說謊。」這麼斷言之後，影山面不改色地一語道破。「又有新的事件發生了，是嗎？」

「呃，對啦。」這個『漫不經心作戰』果然打從一開始就不可能成功啊。「今天早上屍體才剛被發現。不過實際的案發時間是在深夜就是了。」

「果然是這樣啊。」影山無奈地嘆了口氣。「大小姐當上了刑警之後，這一帶也變得很不平靜呢——老爺時常這麼感嘆著。」

「喔，是嗎？」真是的，父親到底又說了些什麼啊？「城市變得很不平靜，又不是因為我的關係，所以不要擔心，就這樣幫我轉達給父親吧。」

「是。」影山深深地鞠躬行禮之後，又抬起臉來。「不過話說回來，您好像正為什麼難解的事件所苦的樣子。如果方便的話，不妨告訴影山詳細情況——」

「不要！絕對不要！」麗子背過身子，堅決表達拒絕的意志。「『大小姐的眼睛是瞎了嗎？』——反正你又要這麼說對吧？這種事情我可不幹。再說，就算不借助你的力量，這點程度的事件，光靠我們自己就能解決了。畢竟我們可是專家呢！」

「當然，您說得是。日本的警察非常優秀。向相關人員和周邊居民反覆打聽詢問個五十次一百次，仔細研究市民好意提供的多達上百件的情報，花上幾天幾十天用科學方式分析現場採集的證據，傳喚一個又一個的嫌犯到場說明，像這樣徹底地調查過後，總有一天，一定會找到那唯一一個真相。的確，像我這樣的外行人沒有出場的餘地——」

「我馬上詳細告訴你，給我聽清楚了！」

「謹遵大小姐您的吩咐。」

到頭來，麗子還是想要借助影山的智慧，所以才一直無法開除他。

過了不久——

麗子把事件的詳情說過一遍之後，影山馬上開始表達自己的見解。

「風祭警部的推理恐怕是正確的。高原恭子的確在別邸遭到殺害，黑貓則是在當時受到了牽連。而且在那之後，犯人還特地將屍體運送到薔薇花園裡——不過這裡有一點讓我感到很奇怪，那就是犯人為什麼非得選擇薔薇不可。」

「犯人為什麼非得選擇薔薇不可？——這話是什麼意思？」

「是。在下聽大小姐的描述，藤倉家的庭院裡，除了薔薇以外，還種著各式各樣的花卉。在這之中，犯人為什麼刻意選擇了薔薇花園，而不是杜鵑花叢，更不是三色堇與香豌豆花的花壇呢？從別邸的位置來看，薔薇花園可說距離十分遙遠。為什麼不選擇別邸旁邊的花壇或是花叢呢？其中應該有個『不得不選擇薔薇』的理由才是。那麼，其他花沒有，唯獨薔薇才有的東西，究竟是什麼呢？」

「其他花沒有，唯獨薔薇才有的東西——啊，是那個！」當麗子欣賞著周圍盛開的大紅色花朵時，腦海裡閃過了幾個念頭。說起薔薇，那當然就是——「是『熱情』啊！激昂如火的紅色『熱情』！將身心都焚燒殆盡的『愛』之火！犯人一定是深愛著高原恭子！犯人是因為愛，才殺害了高原恭子，並將屍體平放在薔薇床上！沒錯，盛開的薔薇毫無疑問是『愛情』的證明……」

「咳嗯！」管家影山故意清了清嗓子，藉此打斷麗子的妄想。

「很遺憾，我說的並不是『熱情』或『愛』那種抽象的東西。而是更為具體的事物。」

「什麼嘛，我猜錯了啊？原本還以為，這次難得碰上了一樁羅曼蒂克的事件呢。那麼，你說的到底是什麼？」

「請恕我失禮，大小姐。」影山直挺挺地站在麗子身旁，並以無比認真的語氣這麼說道。「連這麼簡單的事情都想不到，大小姐這樣也算得上是專業的刑警嗎？老實說，您的水準比一竅不通的外行人還要低啊。」

麗子內心充滿了屈辱與羞愧。又被這個男人愚弄了。這次他擺明了說她「沒資格當刑警，比外行人還要不如」。正因為麗子時時刻刻都小心地提防影山的狂妄發言，她才更是覺得不甘心。為了不讓影山看穿自己內心的動搖，麗子裝出一副什麼也沒聽到的樣子，靜靜地觀賞著薔薇。不過她的背影卻因為憤怒而不斷顫抖著。

「失敬……如果惹您生氣的話，那真是非常抱歉，大小姐。」影山以戰戰兢兢的語氣道歉。「畢竟，在下是個講話很實在的人……」

「就算講話很實在好了，有些話也不能說啊！」

麗子心中頓時升起一股衝動，想要把這個管家頭下腳上扔進眼前的薔薇花叢裡。薔薇的棘刺一定會把他的臉和衣服刺得千瘡百孔、慘不忍睹吧。啊啊，對了。是棘刺。說起其他花沒有、但是薔薇有的東西，想也知道是棘刺啊。『熱情』或者『愛意』都得在後頭排隊。

「我懂了。你想說的是棘刺吧。」

「正是如此。」管家恭敬地低下了頭。「大小姐真不愧是專業刑警，您理解得真快——」

「那種慢半拍的恭維就免了，繼續說下去。薔薇的棘刺又怎麼了？」

「是。薔薇的棘刺在這起事件當中，究竟發揮了什麼樣的功能呢？光聽大小姐的描述只能知道一件事情。那就是薔薇的棘刺刮傷了發現屍體的男人們的手背。就只有這樣而已。事實上，這也正是犯人的目的。」

「這話是什麼意思？」

「據我推測，這應該是巧妙的利用薔薇棘刺來做偽裝。」

「偽裝？」

「正是如此。」影山輕輕地扶了扶眼鏡邊框之後，接著說下去。「簡單的說，犯人的手背上有著不想讓人知道的傷痕。可是手背上的傷非得戴上手套才能隱藏。偏偏現在又不是戴手套的季節。於是凶手心生一計，將屍體搬到薔薇花園裡的薔薇床上。到了隔天早上，在發現屍體的混亂場面當中，犯人得到了可以自然接觸屍體的機會。在那個時刻，犯人表面上假裝接觸屍體，但實際上卻是用力的把自己的手往茂盛的薔薇花叢裡塞。如此一來，手背當然就會被薔薇的棘刺弄得傷痕累累了。這麼一來，手背上原本不想讓別人知道的傷痕，就會被後來刻意造成的許多傷痕給掩蓋，變得不那麼醒目了。我認為這正是犯人的目的。」

「喔。」雖然影山的推論不算是什麼超乎想像的大發現，不過這樣的確可以解釋犯人為什麼要把屍體搬運到薔薇花園裡。麗子感興趣地問道。「那麼，究竟是什麼呢？我指的是犯人手背上原本就有的『不想讓別人知道的傷』。」

「當然，那個傷痕必定和薔薇的棘刺所造成的傷痕十分相似。而且對犯人而言，那很有可能會成為字面上所說的『致命傷』。因為那個傷痕可以證明該名人物曾經出現在殺人現場。這樣您明白了嗎？」

「可以證明某人曾經出現在殺人現場的傷痕……」聽了影山的話後，麗子的腦海裡模糊地浮現出一些東西。案發當時，待在現場的只有被害人與犯人，還有那個。「該不會是那隻黑貓吧？犯人被那隻黑貓抓傷——對了，『不想讓別人知道的傷』就是貓的抓傷！」

薔薇棘刺與黑貓的爪子。雖然這兩者外觀截然不同，但是光看傷痕是分辨不出來的。

「正是如此。犯人的手背上有被害人飼養的黑貓所留下的抓傷。然後就如同『藏木於林』這句成語形容的一樣，犯人試圖把貓爪造成的抓傷藏在薔薇棘刺造成的刮傷之中。」

6

「總而言之，黑貓受到殺人事件的波及，弄傷了前腳，相對的，犯人也在殺害高原恭子的扭打過程中，被黑貓抓傷了手背。犯人一定會想說這下糟了，畢竟貓的爪痕非常顯眼。而且，更麻煩的是，犯人作案前一直都在打麻將。打牌的時候大家都看得到那個人的手背。如果打牌的時候手背都是好好的沒事，偏偏隔天發現高原恭子的屍體時，手背上意外出現了像是貓爪留下的傷痕，到時候又該怎麼辦呢？高原恭子很喜歡貓，每天晚上都抱著黑貓睡覺，藤倉家所有人都知道這件事情。一見到那個人手背上的傷，任誰都會馬上聯想到高原恭子的死吧。因此犯人是誰就當場曝光了。」

「為了避免這種情況發生，犯人才刻意將屍體運送到薔薇花園裡，並將屍體平放在薔薇床上。到了隔天早上，再以屍體發現者之一的身分觸碰屍體與薔薇，故意把自己的手背弄得傷痕累累。推理得好啊，影山！你只當個管家真是太可惜了。」

「不敢當。」管家彎下修長的身軀行禮致意。

「所以嫌犯是手背上有傷的三位男性——藤倉幸三郎、藤倉雅彥，還有寺岡裕二囉。那麼真凶到底是誰呢？」

面對急於得到結論的麗子，影山還是按部就班繼續說明。

「首先，犯人並不是藤倉幸三郎。因為幸三郎沒有必要把屍體運送到薔薇花園裡。」

「這話是什麼意思？」

「幸三郎原本就有栽培薔薇的興趣，平常雙手總是傷痕不斷。這樣一來，假使被黑貓給抓傷了，那傷痕大概也不會太顯眼吧。就算很顯眼好了，只要他說這是『在玩賞薔薇的時候又受的傷』就沒有人會懷疑了。畢竟幸三郎每天只要一有時間，就會跑到薔薇花園去，以他的立場來說，要撒這種謊是很容易的事。因此，如果他是犯人的話，就不需要大費周章地將屍體搬運到薔薇花園裡。」

「的確，幸三郎不像是犯人。那麼就是剩下來的另外兩人，藤倉雅彥和寺岡裕二囉。」

「是的，真凶就是這兩人其中之一。您還不明白嗎？大小姐。」

「不明白啦。」麗子像是束手無策似地左右搖了搖頭。「畢竟搬運屍體是件苦差事，就體力來說，或許是寺岡裕二比較有利。可是雅彥也才四十幾歲——而且，犯人好像還使用了文代的輪椅來搬運屍體，所以，體力差距並不具有實質上的意義。」

「是的，就是這點。」管家豎起了一根手指。「犯人真的利用了文代的輪椅來搬運屍體嗎？」

「那不會有錯吧，畢竟有美奈子的證詞。」

「可是，美奈子只說，她在深夜裡從宅邸的二樓看到了有人推著輪椅穿過庭院而已。她並沒有在近距離仔細確認過。因此，證詞的真實性還有待商榷。事實上，美奈子甚至還誤認為那是坐在輪椅上的文代，還有推著輪椅的幸三郎。」

「話是這麼說沒錯啦，你到底想說什麼呢？」

「我認為犯人並不是使用文代的輪椅來搬運屍體。」

「咦？可是這樣的話……」

「請您仔細想想，大小姐。如果要借用文代的輪椅，那麼犯人勢必得偷偷潛入文代的寢室裡。那時候文代是睡得很熟呢？或是躺在床上還沒睡著呢？這點犯人根本無從得知。在這種不確定的情況下，犯人不可能不管三七二十一就擅自闖進文代的寢室。畢竟有輪椅這項工具固然方便，但是沒有輪椅也不會有什麼大礙，對犯人來說，輪椅其實是可有可無的工具罷了。」

「對喔，就算沒有輪椅，也能扛著屍體，或者是拖著走。雅彥和寺岡的體力應該都辦得到才對，沒有必要特地冒著風險，非得借用文代的輪椅不可——可是這就怪了。美奈子在凌晨一點左右看到的輪椅又該怎麼解釋？難不成美奈子看到的是幻覺嗎？」

「不，那並不是幻覺。美奈子確實看到了犯人將屍體運送到薔薇花園的景象。只不過，犯人推的並不是文代的輪椅。」

「如果不是文代的輪椅，那又會是誰的？藤倉家只有一臺輪椅喔。」

「解開這謎題的關鍵還是在那隻黑貓身上。」

「嗯……」麗子從來都不知道，原來那隻黑貓從頭到尾都是如此重要。「這話是什麼意思？」

「根據大小姐的說法，黑貓從案發隔天早上起，就一直下落不明。然後里香小妹妹在後院的倉庫小屋裡，發現了正在哀叫的黑貓。問題就在這裡。這隻黑貓是如何進入倉庫小屋的呢？牠絕不可能自己拉開倉庫的拉門，又自己把門給關上才對。」

「哎唷，這你就有所不知了。聰明的貓咪可以靈巧地靠自己的力量把門打開喔，電視上的寵物節目不是時常播出這種畫面嗎？而且，黑貓也有可能是從窗戶爬進去的啊。」

「唉唉，大小姐……」影山從眼鏡底下對麗子投以憐憫的視線。「黑貓的右前腳已經受傷了。用三隻腳勉強步行的貓，該如何靈巧地打開門呢？又該如何從窗戶爬進去呢？就是因為連這點小事都看不出來，大小姐才會被人侮辱說：『您這樣也算專業的刑警嗎？簡直是個超級大外行』，因而感到心情不快啊。」

「那個侮辱我、讓我感到不快的人就是你啦！」

「這件事暫且擱在一旁不提。」影山完全無視於麗子的抗議，就這樣淡淡地繼續說道。「腳受傷的貓，無法自己進入倉庫裡。這樣一來，可能性只有兩種，要不是有誰故意把貓關在倉庫裡，就是貓趁著誰進出倉庫的時候闖了進去。」

「……的確是這樣沒錯。」麗子心不甘情不願地點了點頭。「可是故意把貓關在倉庫裡有什麼意義嗎？難不成手被抓傷的犯人生氣了，所以把貓關在倉庫裡作為懲罰嗎？不可能吧。這麼做又沒有意義。」

「我也是這麼認為。所以第二個推論才是正確的。也就是某個人來到倉庫、打開拉門的時候，黑貓擅自闖進了倉庫裡。從黑貓的腳受傷了這點看來，那必然是凌晨一點案發之後的事情。而考慮到隔天早上黑貓一直行蹤不明，進入倉庫的時間恐怕是在深夜吧。」

「也就是說，有人在深夜裡來到了倉庫。而那個人就是犯人囉。」

「是的。飼主遭到殺害之後，黑貓偷偷跟著犯人，並且潛入倉庫裡，想要告訴我們事件真相呢。說句題外話，黑貓是種非常可怕的生物，就如同愛倫坡小說中所描寫的，牠會以意想不到的形式報復傷害了自己的人。說不定，高原恭子的黑貓就是愛倫坡筆下黑貓的子孫呢……」

「別說了，我討厭恐怖怪談。」麗子用雙手環抱著自己的肩膀，打斷了影山的話。「回到正題，犯人去倉庫的目的到底是為什麼呢？」

「雖然這只是我的推測，不過，倉庫裡應該還有可以用來搬運屍體的工具才對。犯人去倉庫的目的就是這個。」

「可以用來搬運屍體的工具？倉庫裡有這種東西嗎？」

「是的。聽大小姐的描述，您往藤倉家的倉庫裡窺探時，看到那裡有嬰兒床和木馬對吧？」

「是啊，我是有看到。那又怎麼樣？嬰兒床和木馬可不能拿來搬運屍體呀。」

麗子不明就裡的反問道。影山像是打從心坎裡感到遺憾似地緩緩搖了搖頭。

「大小姐，真是太可惜了。既然您都已經看到這些東西了，要是能再往倉庫裡多調查一下就好了。如此一來，您一定能發現犯人用來搬運屍體的嬰兒車。」

「你說嬰兒車！」

「正是。嬰兒車原本是給小嬰兒乘坐的東西，不過嬰兒車其實比想像中要來得堅固。就算一位身材苗條的女性壓上去，也不會那麼容易損壞，嬰兒車的結構可沒有那麼脆弱。」

「或許你的推論沒錯，可是倉庫裡有這個東西嗎？……啊啊，對了……就是啊……應該會有的。」

麗子不得不點頭認同。藤倉里香今年五歲。換句話說，那女孩在幾年前還需要乘坐嬰兒車。而母親美奈子才三十五歲，未來還很有機會懷第二胎。所以他們才沒有把嬰兒床和玩具給扔掉，而是收藏在倉庫裡。這樣一來，嬰兒車應該也同樣放在倉庫的某個角落才對。犯人就是去倉庫拿嬰兒車，用它來搬運屍體。

「的確，對犯人來說，比起從文代的寢室裡拿走輪椅，使用倉庫裡的嬰兒車反而更安全又穩當。所以說，美奈子目擊到的，是犯人將高原恭子的屍體放在嬰兒車上，然後運送到薔薇花園的那一幕囉？」

「是的。光是從遠處觀看身影的話，很難分辨得出犯人是推著嬰兒車還是輪椅。就算是看慣了坐輪椅的文代，美奈子還是有可能會誤把嬰兒車的輪廓錯看成輪椅，那也不能怪她。」

「你說的確實有道理。」麗子點點頭像是完全瞭解了，然後又再度關注那絲毫沒有進展的現實。「那麼，犯人到底是誰啊？」

嫌犯有兩人，藤倉雅彥與寺岡裕二。這情況一點都沒有改變。

「哎呀，您還不明白嗎？大小姐。犯人是誰，真是再明顯不過了。」

影山故意擺出遊刃有餘的態度，就這樣展開他最後的說明。

「犯人的手背被黑貓的爪子抓傷了，為了掩飾傷痕，他把屍體運送到薔薇花園裡。

這對犯人來說，肯定不在預期之中。在這種情況下，犯人靈機一動，拿出了沉睡在倉庫內的嬰兒車，並用它來搬運屍體。這種事情，寺岡裕二有可能辦到嗎？不，那是不可能的。雖說寺岡裕二是藤倉家的親戚，但自從大學時代以後，他已經有十二年沒有造訪過藤倉家的宅邸了。這種人怎麼可能知道收藏嬰兒車的地方在哪裡呢。如果寺岡裕二是犯人的話，他根本不會去找什麼嬰兒車，還不如自己扛著屍體運送到薔薇花園裡還比較快。所以寺岡裕二並不是犯人。」

「也就是說，犯人是藤倉雅彥——因為只有他，最清楚自己女兒使用過的嬰兒車放在哪裡。」

麗子喃喃說完後，一旁的影山靜靜地低頭致意。

「正如您所說的，大小姐。」

然後影山在「終究只是想像」的前提下，試著推測犯人的殺人動機。

「高原恭子在從事特種行業的時代，大概曾經和雅彥有過一段不能見光的關係吧。這樣的她，卻要成為藤倉家的一員，這對身為女婿的雅彥來說，是相當大的威脅。兩人昨晚因為這件事情，在別邸起了爭執，最後意外發展成殺人事件——我認為，這就是這起事件的始末。」

彷彿試圖要抹消管家所說的話一般，五月的風吹拂過薔薇花園，帶來陣陣濃郁的芳香。

明天得和風祭警部一起去找倉庫裡的嬰兒車了。在薔薇香味的包圍下，麗子腦中只能想著這件事情。

第四話　新娘身陷密室之中

1

「六月新娘（June Bride）——聽說，在六月的新娘會得到幸福，這是源自於英國的傳說。在天候陰鬱的英國，六月是晴天比較多的月份。所以在六月舉行婚禮的新人是很幸福的。不過那可不適用於日本。說起六月的日本，就想到雨季啊，也就是一整年裡天候最差的時節。可是特地選在六月舉行婚禮的人還是絡繹不絕，真令人難以理解。而且那個有里居然要結婚了——」

「我能體會您的心情，大小姐。」駕駛座上的影山面對前方，用一副什麼都瞭解的語氣回答道。「簡單來說，大小姐怎麼樣也無法接受朋友竟然比自己早結婚——」

「我才沒有這麼說！」

坐在後座的寶生麗子露出生氣的表情，並透過後照鏡瞪著影山的臉。影山年紀大約三十多歲，是個臉上戴著銀框眼鏡、身材修長的男性。一身黑色燕尾服配上蝴蝶領結的復古打扮，看起來像極了受邀參加婚禮的賓客，但實際上受邀的當然不是他。受邀參加有里婚禮的，只有麗子一個人。影山只不過是開車接送麗子的管家兼司機罷了。他的燕尾服也不是特地為了參加典禮而穿的，而是管家的正式服裝。

「那麼，大小姐到底有什麼不滿呢？您從剛才起就一直悶悶不樂的樣子。」

「你說誰悶悶不樂，誰啊？」麗子憤憤地將頭轉向窗戶，眺望著被六月雨水淋濕的街景。「我只是覺得在下雨天舉行婚禮很討厭而已。」

雖然麗子想要這樣搪塞過去，但影山卻完全說中了麗子的心聲。麗子從沒想過有里會比自己更早結婚。有里比麗子小三歲，是唸同一所大學的學妹。雖然兩人同為資產家的女兒，身家背景十分相似，但站在公正的角度來看，麗子的成績比有里要優秀一點，外表也要漂亮一些，還有異性緣也更好一點——不，是好很多，遠比有里要好多了，怎麼想都是麗子比較受歡迎！可是為什麼會這樣？

莫非問題真的是出在畢業後選擇的職業嗎？麗子不經意地這麼想。畢竟對方是在家幫忙家事，自己卻跑去國立署當刑警。說起平常圍繞在麗子身邊的男性，只有那個隨時無意識展現優越感的風祭警部，以及一群粗魯的刑警同事。再不然就是凶惡的罪犯，還有一個老是愛頂嘴的管家——

「唉……」

「您怎麼了？大小姐。」

「不，什麼事也沒有。」麗子連忙搖了搖頭，接著，彷彿是要宣示身為大小姐的威嚴一般，她下了一道蠻橫無理的命令。「好了，影山，在安全駕駛的前提下盡量狂飆吧。要是再慢吞吞的話，可就趕不上婚禮了。」

影山照麗子所說的踩下油門。載著兩人的豪華禮車加快速度，在中央高速公路上往東京都心方向疾馳。

目的地是港區白金臺。不過他們現在並不是要前往專門舉辦婚禮的會場。送來的請帖上寫著會場地址，其實就是新娘那位於白金臺的自家宅邸。也就是所謂的自宅婚禮，有錢又有閒的名媛們特別喜歡舉辦這種婚禮。對於有錢卻沒有閒的年輕女刑警來說，那是個讓人既羨慕又令人火大的構想。

「澤村家的宅邸真的大到可以舉辦婚禮嗎？」

「不，其實很小喔。大概只有我家的一半吧。」

「如果是寶生家一半的話，那也算是夠大的宅邸了，大小姐。」

影山糾正了麗子的偏差價值觀。說起麗子的父親，寶生清太郎，他可是當代財閥「寶生集團」的總裁。因此寶生家位於國立市的宅邸，佔地遼闊到甚至會讓人感到可笑。

「澤村家的宅邸，其實以前是屬於西園寺家的。你知道西園寺家嗎？以前新聞上不是常提到一家叫『西園寺製鐵』的鋼鐵公司嗎？雖然那家公司已經和其他公司合併而改了其他名字，西園寺家也從此抽手不再經營了，但是宅邸本身還是跟以前一樣，十分氣派呢。」

「可是，那棟宅邸為什麼住著澤村家的人呢？」

「澤村家是西園寺家的親戚。儘管這事不好大聲張揚，其實西園寺家就是所謂沒落的名門世家。現在還繼承著西園寺這個姓氏的，只剩下琴江女士這位年過六十的女士而已。她這麼多年來從未結過婚，也沒有生過小孩。所以真的是孤家寡人。正因為這樣維持宅邸會有困難，所以才請有親戚關係的澤村家搬過來一起住。所以，現在與其說是西園寺家的宅邸，倒不如說是澤村家的宅邸還比較正確。」

「那個澤村家又是做什麼的呢？」

「經營餐廳啊。有里的母親——孝子女士擁有好幾家高級餐廳。我父親也是那裡的常客，全家都和澤村家有往來。孝子女士有三個小孩，有里是長女。再來是唸大學的長男，名叫佑介。最小的是唸高中的美幸。」

「您還沒提到父親的名字呢。」

「有里的父親好像在她小時候就過世了。所以包含西園寺家的琴江女士在內，住在宅邸裡的就只有這五個人而已。啊，不過我聽說還有個管家也住在那裡。」

「管家是嗎？那真是太好了。請務必讓我和對方見上一面！」

瀕臨絕種的珍禽異獸意外發現同類時，一定也會像他這樣感到歡欣雀躍吧，麗子感慨地這麼想。

「聽說那位管家有長達五十年的時間都在西園寺家服務，是個老手中的老手呢。」

當麗子說著這些話的時候，載著她的豪華禮車從高速公路駛向一般道路。在大樓之間開著開著，周圍的景色不知不覺間變成了氣氛幽雅沉靜的高級住宅區。雅致的房子像是互相競爭似地沿著平緩的斜坡排列在一起。就像是腦袋裡印著地圖一般，影山毫不猶豫的駕駛禮車前進。沒多久，禮車開上了斜坡，前頭突然出現一座門面特別豪華的宅邸。

門柱上掛著「澤村」與「西園寺」兩塊門牌。

「就是這座宅邸吧。」

影山將禮車從敞開的大門直駛進入宅邸的腹地內。停車場上已停放著好幾輛車。雖然每一輛都是毫不遜色的高級轎車，但麗子的凱迪拉克卻散發出他人難以相提並論的壓迫感。影山一停好車立刻俐落地走出駕駛座，以優雅的身段打開後車門。

「大小姐，請。」

「謝謝。」麗子露出滿臉笑容下了車。「哎呀，雨好像停了呢。太好了，看來不會弄濕禮服了。」

泛著光澤的酒紅色小禮服，以及裝飾著緞帶的包頭淑女鞋，看起來似乎都是全新訂做的。為了不搶走新娘的風采，麗子費盡心思不讓自己打扮得過於花俏。不過就算再怎麼低調，還是免不了會比那個小丫頭還要引人注目吧？就在麗子傲慢地想著這種事情的時候——

「恭候大駕多時了。」

背後悄悄冒出一道黑影。回頭一看，那裡站著一位身穿燕尾服的男性。是個擁有一頭漂亮的白髮，身材削瘦的老紳士。

「在下是西園寺家的管家，敝姓吉田。」白髮的管家恭敬地行了一禮。他始終保持和藹的態度，表情也很親切。成熟的低沉嗓音讓人聽了十分安心。「您是寶生小姐吧？久仰大名。今天非常歡迎您的蒞臨，請讓在下帶您到會場去。」
「您真是太客氣了——啊，可以等我一下嗎？」這麼說完後，麗子對自己的管家下令。「影山，你留在車上待命。」
「遵命。」
和嘴裡說出來的話相反，他的表情流露出不滿的神色，彷彿正訴說著「什麼——居然要我顧車！」似的。這就是他最不像管家的地方了。這時，吉田連忙補充說道。
「不不不，請您的管家也務必一起來。我們可不能讓他在這種地方枯等。」
「哎呀，沒關係啦。他就算等個五、六小時也無所謂喔。」事實上，在麗子去買東西的時候，他最多曾在車上等了八小時之久。「你無所謂對吧？影山。」
「是的，我無所謂。」不過他臉上的表情卻訴說著：「請您饒了我吧」。
看到影山這樣的處境，不知道是不是感受到了身為同行的悲哀，吉田馬上出手解圍。
「不，這樣會害我被大小姐罵的。而且，雖然說是婚禮，但其實沒有那麼拘謹，所以請您兩位就一起來吧。」
於是影山露出一副誠惶誠恐的表情，「難得府上舉辦了如此隆重的婚禮，像我這麼卑微的人，實在是不好意思打擾——」在形式上說了些可有可無的客套話。然後他緩緩地轉頭面對麗子詢問說：「您覺得呢？大小姐？」同時露出期待著麗子英明決斷的表情。
「你在車上待命。」冷淡地這麼說完，麗子又補上一句。「騙你的啦，你也一起來吧。」

影山像是得救似地輕呼了一口氣。

「那麼，就讓在下帶兩位到會場去吧。這邊請。請小心腳步。」

管家吉田挺直了背脊，領著兩人向前邁步。麗子一邊出神望著他，一邊輕聲嘆氣。

「真不愧是西園寺家的管家。沉著穩重，風度翩翩，態度又謙恭有禮，真是太棒了。正牌的果然就是不一樣。」

「抱歉，大小姐。」隔著半步距離跟在後頭的影山，敏感地反駁麗子的話。「您的意思，該不會是說我是冒牌貨吧？太過分了。您這麼說真是太過分了。」

「我又沒這麼說。這只是一種文字上的修辭啦。」

不久，麗子和影山在吉田的引導下，來到了一棟洋房。這棟外牆攀附著常春藤的磚造西式建築，說好聽點，是具有文化歷史價值的豪宅，說難聽點，則是逐漸腐朽的往日遺跡。

兩人經過寬敞的玄關，進入屋內。首先映入眼簾的，是鋪了紅地毯的大階梯，讓人一時之間誤以為自己置身在老電影的佈景之中。階梯盡頭有張很久沒見過的面孔。

那是一個仍舊散發出少女氣息，皮膚又白皙嬌嫩的娃娃臉。黑色的長髮綁在兩側。純白色上衣配上長及腳踝的長裙，鮮少裸露出肌膚。打扮十足像個千金小姐的她，正是今天的主角，澤村有里。她一認出了階梯下的麗子，表情立刻像小孩一樣明亮了起來。

「哇，麗子姊！妳來了啊。」

這麼說完後，有里匆匆忙忙地開始跑下樓梯。大概跑到一半時，她自己踩到了長裙的裙襬，整個人往前方撲倒。一行人還反應不過來，澤村家的千金就這樣一口氣翻滾跌下最後那五、六段階梯。

「咿啊啊啊啊啊──」

對於眼前突如其來的慘劇，麗子別過臉不忍目睹。

「有里小姐！」就連原本很冷靜的吉田，也驚慌失措地奔向她的身邊。「您、您沒事吧！」

「呃、嗯，我沒事。吉田先生。」

「呼。」老管家鬆了口氣。「您沒事真是太好了。」

「嗯嗯，我一點事也沒有。我只是腳稍微挫傷，頭稍微撞到而已──」

「這、我們還是去醫院吧！現在立刻去醫院進行腦部檢查！」老管家的臉色驟變。

「我就說沒事嘛。別擔心。」有里一邊露出失焦的微笑，一邊站起身子，然後重新走到麗子面前。「歡迎妳來，麗子姊。」

看著有里優雅地點頭致意，麗子只能回以僵硬的微笑。

「嗯、嗨，有里，妳真是一點也沒變呢。」

這可不是在嘲諷她，澤村有里從學生時代就一直是這副德行。甚至讓人忍不住心想，她能活到現在真是不可思議。正因為如此，麗子才會怎麼樣也想不通，她怎麼可能結得了婚呢。

「妳真的要結婚了嗎？跟誰？為什麼？」麗子首先把焦點放在這幾件事上頭。「快點介紹給我認識，快快快！」

可是有里還是老樣子，她頻頻望著站在一旁的影山，開口詢問：「欸，麗子姊，這位優秀的男士是誰啊？」完全沒有把別人的話給聽進去，這點也跟以前完全一樣。莫可奈何的麗子只好解釋說：「他是我的管家。」有里這才露出了恍然大悟的表情。然後她對著影山鞠躬行禮，並且說「初次見面」。有里鞠躬時彎腰的角度之大，已經超越了一般打招呼的程度。

「初次見面，敝姓影山。今天真是恭喜您了。」

影山也毫不服輸地深深低頭鞠躬。結束了第一次見面的寒暄之後，有里露出要趕時間的表情。

「兩位請好好享受吧。接下來我得去換新娘禮服，所以就此失陪了。之後再聊吧，麗子姊。」

「嗯，待會見——啊，有里，」麗子出聲叫住正準備衝上階梯的學妹。「小心婚紗的裙襬喔。」

「包在我身上啦，麗子姊！」

有里朝麗子比了個V字勝利手勢，就慌慌張張地衝向二樓，消失了身影。看她那樣子，叫人不禁懷疑她是否真的聽進了別人的好心忠告。在感到不安的麗子身旁，影山半是佩服地沉吟起來。

「唔——那就是澤村家的大小姐啊。正牌的果然就是不一樣。」

「……」如果那樣叫做正牌的，那我寧可當冒牌貨就好，麗子很認真地想著。

2

婚禮在一樓的大廳舉行。儀式很簡單，只有請神父證婚，還有請家人和親近的友人參加而已。新郎新娘入場時，一腳踩到了婚紗裙襬的有里又往前撲倒，抱住了眼前的神父，險些就要和神父交換誓約之吻了。雖然發生了這樣的小插曲，但儀式大致上還是順利地進行著。新郎新娘交換了戒指作為婚姻的見證，婚禮就在和睦的氣氛中平安結束了。

緊接在婚禮後頭舉行的婚宴，是採用自助餐會形式的簡單派對。撇開婚禮只有少數人參加，這場派對則是邀集了許多賓客，客人的數量突然增加不少。大廳裡到處都擠滿了人。

「麗子姊，跟妳介紹一下我的丈夫。」有里換下婚紗、改穿一身輕便的派對用禮服，帶著身穿白色燕尾服的丈夫走了過來。「他叫細山照也，是個律師，負責處理澤村家與西園寺家所有法律問題。照也，這位是寶山麗子。她是個刑警，負責處理國立市一帶所有的罪犯。」

沒有人用這種方式介紹朋友的吧？麗子輕輕瞪了有里一眼，然後擺出僵硬的笑容向細山打招呼。接著麗子仔細地觀察起他的面孔。「請恕我失陪一下。」不一會兒，麗子向細山這麼說道，然後把有里拉到牆邊，用竊竊私語的口吻詢問她。「怎麼會是個大叔啊？」

其實麗子從舉行婚禮時就已經注意到了。新郎細山照也的年紀恐怕已經超過了四十歲。那張成熟的臉雖說不算醜，甚至還有點像古早電視劇裡的男配角。不過他和娃娃臉的有里站在一起時，與其要說是新郎新娘，還不如說更像是新娘和她的父親。

「他才不是大叔呢。」然而，有里卻帶著從容的表情否定了麗子。「他只比我大了十八歲而已。」

「在一般的觀念裡，那就叫做大叔啊。有里妳喜歡年紀大的男人嗎？」

「嗯，對啊。」有里很乾脆地承認。「我父親很早就過世了對吧？大概是受了這件事影響，我特別喜歡年紀大的人。十幾二十歲的小男生我根本不放在眼裡。沒有三十歲以上，我才不可能喜歡呢。」

「喔，是這樣啊。」以前都不知道呢。難怪在有里看來，影山才會是個『優秀的男士』啊。原來如此，原來如此。「我明白了。我並不是說你們結婚不好。只是看你們歲數差那麼多，有點驚訝罷了。」

「哎唷，我這還不算什麼啦，麗子姊，妳看看我母親。」

這麼說著，有里伸手指向佇立在派對會場中央的母親——孝子。孝子穿著大紅色禮服，就五十多歲的女性而言，這樣的裝扮顯得有些輕浮。她渾身散發出一股特殊的魅力，背後還緊跟著一位年紀大約三十歲左右的男性。

「妳猜那個男人是誰呢？」

「——該不會是孝子阿姨的男朋友吧？」

「是呀。」有里又很乾脆地點了點頭。「他是濱崎先生，在我家經營的餐廳裡工作，是個非常優秀的廚師喔。妳看也知道，母親非常迷戀濱崎先生。說不定不久之後他們真的會結婚呢。」

「噢，原來是這樣。」畢竟先生過世這麼久了，孝子就算再結一次婚也沒什麼好奇怪的。如果兩人真的變成夫妻的話，年齡差距就在二十歲以上了。的確，和那一對戀人相比，有里和細山照也的年齡差距，也就不值得大驚小怪了——當然啦，老是提起年齡差距這問題也不禮貌，就別在意這個了。俗話說年齡不是問題，她要愛上誰，不是麗子能夠過問的。

「總之，祝妳幸福囉，有里。」

得到了麗子的祝福，有里回了一句「謝謝」之後，便回到她心愛的達令身邊了。

就在麗子目送有里離開的時候，背後突然有個人跟她搭腔。

「欸，麗子小姐，結婚的時候，為什麼要對最幸福的人說『祝你幸福』呢？妳不覺得很不可思議嗎？」

麗子嚇了一跳，回頭一看，站在那裡的是個手裡拿著紅酒高腳杯的青年——那是有里的弟弟，澤村佑介。他的臉頰微微泛紅，看來已經喝了不少酒的樣子。不擅長應付醉漢的麗子露出客套的微笑之後，佑介又滔滔不絕地接著說下去。

「當然，不是所有婚姻都能進展得很順利。其中也有不幸的婚姻。正因為如此，大家才會說『祝你幸福』吧。不過如此一來，『祝你幸福』這句祝福之中，不等於是在推測這段婚姻很可能會變成『不幸又失敗的婚姻生活』嗎?這麼一想，『祝你幸福』其實是句非常不吉利的話呢——好，就這麼辦，我也來對那傢伙說句『祝你幸福』吧，就用挖苦的語氣。」

這麼說完之後，佑介準備向新郎細山照也發動突襲。就在這個時候，另一位女性從旁邊攔住了他。纖細的身材套著一件雅致的白色連身洋裝，這是佑介的妹妹澤村美幸。

「不行喔，哥哥。難得一場好好的婚宴，你就誠心誠意地祝福他們嘛。」美幸從後面抓著佑介的脖子，就這樣把他拖回麗子身旁。「對不起喔，麗子姊，哥哥喝醉了，所以變得比平常還笨呢。」

麗子不太清楚平常的佑介應該是什麼樣子，不過既然妹妹都這麼說了，平常的他，應該比現在還要再聰明一點吧。

「原來佑介不贊成這樁婚事啊。啊，該不會是因為姊姊被搶走了，而感到寂寞吧？」

「才不是呢。哥哥是不甘心財產被人給搶走了。我說得沒錯吧?哥哥。」

「當然。」佑介並沒有否定妹妹所說的話。「麗子小姐，那個姓細山的男人，是衝著澤村家的財產來的。那傢伙原本跑去討好西園寺家的琴江阿姨，受到青睞而當上了顧問律師。不過一得知西園寺家沒幾個錢之後，那傢伙又把目光轉向澤村家的財產。於是他巧言令色的哄騙姊姊，最後終於走到了結婚這一步。這段婚姻裡才沒有什麼愛情呢。唉，可是姊姊卻不知道自己被那個男的利用了，因為她很笨！」

「笨的人是哥哥吧。連續劇也未免看太多了。」

「不過啊，現實生活中，也是會發生像連續劇一樣的事情呀，一旦變得像我們這麼有錢之後——唉唉，算了。話說回來，美幸，妳明天不是要考試嗎?回二樓唸書去吧。好了，妳很礙事，走開，去去。」

面對佑介像是趕狗般的態度，美幸不滿地回了句「是是是」之後，便離開了大廳。目送妹妹離去之後，佑介又轉頭面向這邊說:「麗子小姐，礙事的人已經消失啦」並且近乎無恥地將臉湊近麗子。「雖然對姊姊的婚事感到不滿，不過拜此所賜，我才能見到久違的麗子小姐。接下來，要不要兩人單獨聊聊啊?」

「可以是可以啦——不過你不是在擔心你姊姊嗎?」

「其實姊姊怎麼樣都無所謂。我真正在乎的，是妳——」

真是無情的弟弟啊。雖然麗子覺得眼前的他才是最礙事的人，不過還不到要賞他一陣耳光的地步。假如他敢隨便亂摸的話，那乾脆把他逮捕起來好了——正當麗子想著這種事情的時候，一位身穿禮服的男性突然接近，介入兩人之間。是影山。他像是偶然絆倒般撞飛了佑介的身體，然後順勢抓著麗子的手腕，把她硬拉到房間的另一角。

「等等，你在幹什麼啊？影山。」

「老爺很擔心呢。」影山用勸導的口吻說道。「老爺常說，大小姐會不會被衝著寶生家財產而來的壞男人給哄騙逼婚了。又擔心大小姐完全沒有發現被那個男人利用了，就這樣糊裡糊塗答應了沒有愛情的婚事——」

「哎呀，沒想到父親也很喜歡看連續劇是吧。真是個讓人傷腦筋的父親啊。」麗子輕輕地嘆了口氣，然後扯開嗓子說。「那又如何呢，擔心這種事情又有什麼用呢？難不成，要叫我完全不跟男人說話嗎？要是因為擔心過度，害我錯過了適婚年齡，到了四、五十歲都還嫁不出去的話，你說該怎麼辦——啊！」

麗子話還沒說完就趕緊掩住了嘴，並且轉過身子面向牆壁。麗子古怪的舉動讓影山訝異不解。

「您怎麼了？大小姐。」

「影山，替我看一下。」麗子用手指比向自己背後。「牆邊有個身穿和服，氣質優雅的女士吧。她是不是在瞪我這邊？看起來有沒有很不開心？」

「不，那位女士正獨自一人靜靜地喝著飲料。怎麼了嗎？」

麗子鬆了口氣，才重新轉向前方。然後斜眼望著佇立在牆邊的老婦人，悄悄地說：

「那位是西園寺家的琴江女士啊。我在車上跟你說過了吧。」

「喔喔，您說西園寺家僅存的最後一人啊。就是過了花甲之年還保持單身的——」

「哇，笨蛋！你說得太大聲了！」

就算麗子制止也是枉然，影山的聲音看來已經傳進西園寺琴江耳裡了。只見西園寺琴江用箭矢般冰冷的視線朝兩人射來。

麗子和影山一起轉身面向牆壁。

在派對開始之後過了大約一個小時左右，麗子突然發現一件怪事。那就是今天的主角——新娘澤村有里，不知何時從會場消失了。覺得納悶的麗子找來管家吉田。

「哎呀，剛才應該還在啊。」結果吉田也露出了訝異的表情。「要問問看細山先生嗎？」

「也好。」麗子點點頭後，便跟著吉田一起走向新郎細山照也身邊。新郎正一個人被客人包圍著談天說笑。大概今天不斷有人向他勸酒吧，只見他的臉漲紅得像是熟透的柿子。麗子詢問有里為什麼不在，然後細山給了個出乎意料之外的答案。

「她好像喝多了，身體不太舒服，現在正在自己的房間裡休息呢。放心，不會有事的。她只是去醒醒酒而已，馬上就會回來的。」

細山照也一副沒有把事情想得太嚴重的樣子，又繼續和客人們聊天。

可是麗子卻擔心起來。真的是因為喝多了嗎？畢竟有里幾個小時前，才剛從玄關的大階梯上重重地摔了下來。雖然當時她露出了好像沒事般的表情，但隨著時間經過，說不定當時的傷勢有可能會惡化。感到不安的麗子，向佇立在一旁的老管家問道。

「我去看看有里的情況，她的房間在哪裡？」

「那麼我也一起去吧。請往這邊走。」

麗子和吉田一起離開大廳。兩人先來到玄關的前廳，然後再登上大階梯，前往二樓。

「上樓之後向右走，就是有里小姐的房間了——唔！」

一陣像是女性慘叫的聲音響起，打斷了吉田的話。那是有里的聲音，麗子馬上就聽出來了。麗子推開吉田，衝上階梯，並且用拳頭敲打著階梯右側的房間。「有里，妳怎麼了？有里！」

可是堅固厚重的木門只有發出低沉的捶打聲，裡頭並沒有傳來回應。雖然麗子試著轉動門把，可是門似乎從裡面上了鎖，連動都不動一下。於是麗子向吉田詢問是否有備份鑰匙。

「備份鑰匙在我房間的保險箱裡。我這就去拿過來，請您稍等！」

吉田以超乎年紀的靈敏動作衝下了樓梯。獨自留在走廊上的麗子則是繼續敲門，並且不斷呼喊著應該在裡面的好友。然而有里還是沒有回答。難熬的時間一分一秒過去，吉田總算拿著一把鑰匙再度出現了。麗子幾乎是用搶的從他手上接過鑰匙，立刻插進鑰匙孔內。鑰匙順利轉動開鎖，麗子焦急地推開了門。

她讓視線迅速掃過整個房間，她看到了大大敞開的窗戶、隨風搖曳的窗簾。還有設置在窗邊的床鋪——以及倒臥在上頭的有里。

「啊啊！」麗子忍不住大叫。

在有里的白紗禮服背部，鮮紅色的汙漬像是畫地圖一般擴散開來。麗子完全搞不清楚狀況，趕緊拔腿衝向有里的身邊。從近距離一看，在她背上擴散開來的無疑就是紅色的鮮血。枕頭附近則躺著一把刀刃被染紅的刀子。

「大小姐，您怎麼了！」在麗子的背後，吉田打從心底感到驚慌的大叫。就連平時冷靜沉著的管家，也難掩心中的激動。

麗子懷著祈禱的心情握住有里的手腕。幸好還有脈搏。

「太好了！她沒死。真是太好了。」麗子抓著有里軟弱無力的身體，搖晃著她。「妳振作點，有里！發生什麼事了？是誰幹的？」

「……啊，麗、麗子姊……我、我……」

「不可以說話！妳可是受了重傷啊！」

「……那麼……妳就……別問我啊……」

「……」抱歉，的確是這樣沒錯。我太激動了，說起話來都變得語無倫次——

面對這種情況，身為刑警的自己才更需要冷靜下來才對，麗子重新整理思緒。總之，要先止血，麗子拿毛毯按住有里背上的傷口。雖然背部的傷還不至於致命，但無疑是非常嚴重的創傷。儘管她想馬上拿手機打一一九，但盛裝打扮的麗子手邊卻沒有手機這種煞風景的東西。

就在這個時候，背後響起了兩人以上的腳步聲。

麗子回頭望向房門入口。在房門口有兩位婦人與一位男性。那是西園寺琴江和澤村孝子。以及孝子的兒子佑介。

「怎麼了？」佑介喘著氣說。「發生了什麼事嗎？」

雖然佑介看到了有里，但是卻看不到被毛毯壓住的傷口。他似乎還不知道事情有多嚴重的樣子。

這時，晚了一步的影山也趕到了。「怎麼回事？」

他似乎也很早就聽到了騷動聲，所以快腳飛奔而來。房間內一下子就多了許多人。然後隔壁房間也傳來開門的聲音，又有另一個人走進了房間。

「喂，到底在吵什麼啊？吵到我都唸不下書了。琴江阿姨怎麼了嗎？」

是澤村美幸。妹妹美幸似乎在有里隔壁的房間唸書的樣子。

「笨蛋，不是琴江阿姨。是姊姊。」糾正了妹妹的錯誤後，佑介一邊走近麗子一邊說。

「怎麼了？麗子小姐。姊姊身體有那麼不舒服嗎？」

完全不瞭解狀況的佑介，草率地想要走進房間。要是犯案現場被破壞就糟了，麗子這麼判斷之後，凝聚她所有的威嚴大聲叫道。

「不要再靠過來了，佑介！其他人也是！這裡發生事件了。詳細情況之後再說，快點！」

不知道是不是麗子的魄力奏效了，佑介往後倒退了兩、三步。一行人之間瀰漫著跟之前截然不同的緊張感。在那一瞬間，吉田彷彿突然想起了自己的重要職責，表情一變，轉過身來將雙臂朝左右伸開。

「各位，請照寶生小姐所說的話做吧。寶生小姐是警察。這裡還是交給她會比較好。」

一行人被吉田推著離開房間，被趕到了走廊上。麗子謝過吉田的協助後，便把自己忠實的僕人叫進房裡。「影山，你來一下！」

影山臨危不亂地迅速跑向床邊。麗子俐落下令道。「按住她的傷口，還有——」她單手滑進影山西裝的胸口，拿出他的手機說：「這個借我用一下。」

在影山還沒開口同意之前，麗子已經按下了一一九的電話號碼。

3

叫救護車的同時，麗子也擅自作主報了警。影山一直在被害人身旁按著她的傷口。麗子一面努力維持現場完整，一面仔細地觀察現場狀況。在這寬敞的房間裡，除了床鋪以外，還有桌子、書架以及衣櫃和沙發等家具。徹底經過整理的房間，展現出女性特有的清潔感。從敞開的窗戶往外望，那裡有個朝向庭院的小陽臺。外頭已經沒有在下雨了。

不久，救護車和警車相繼抵達。這時，走廊上的孝子生氣地喊道。

「哎呀，是誰叫警察來的？現在還在舉行婚宴啊！」

「警察是我叫來的，夫人。」麗子來到走廊上，直接向她解釋。「從現場情況看來，這無疑是起傷害事件，不，說不定是殺人未遂事件。這和婚宴是否正在舉行無關。還請您協助調查。」

「……這下子，」孝子氣憤地背過身子。「澤村家的面子都丟光了。」

「算了啦，媽。」站在走廊上的佑介與美幸勸著憤恨不平的孝子。看來，相較於女兒受傷，澤村孝子更在意澤村家名譽是否受損。真是自私的母親啊，麗子不禁嘆了口氣。

不一會兒，救護人員與警官雙方湧入了宅邸裡。負傷的有里被放在擔架上送出去。現場房間被封鎖起來，擠滿大廳的賓客也全都遭到拘留。

負責指揮調查的是一位姓三浦的中年警部。看到那位感覺很正經的警部之後，麗子發自內心地想著「幸好這裡是白金臺」。如果案發地點是在國立市的話，自己的上司——風祭警部現在八成正開著他那亮銀色塗裝的 Jaguar，意氣風發地飆車來現場吧。還好風祭警部官威再大，也無法插手介入白金臺的事件。

可是另一方面，同樣身為國立署的刑警，麗子也無權對發生在白金臺的事件進行調查。因此，麗子只能和其他關係人一起接受警方的訊問。在這次的事件中，麗子不是調查員，而是第一發現者。說不定還會被視為可疑的嫌犯之一。

三浦警部把相關人士召集到宅邸的起居室裡。包括兩位婦人──西園寺琴江與澤村孝子。孝子的兒子佑介、以及女兒美幸。才剛成為被害人丈夫的細山照也。西園寺家的管家吉田。還有寶生麗子和影山。雖然麗子和影山只不過是客人，但由於事件發生時剛好在場，因此也被列為關係人之一。

「首先我想請教案發經過。報案人是寶生麗子小姐是吧？」

麗子用力地點了點頭。然後麗子簡單扼要描述了從她發現遇刺的新娘，直到報警為止的一連串過程。聽完之後，三浦警部立刻提出疑問。

「寶生小姐和吉田先生闖進現場之後，隨即又有好幾個人同時趕了過來，這到底是怎麼一回事呢？被害人的慘叫聲又沒有傳到派對會場。」

「那只是偶然。」回話的人是佑介。「我和母親根本就不知道發生了什麼事件，只是聽說姊姊身體不適，才過來探望她一下而已。」

「我兒子說得沒錯。沒想到居然會發生那樣的事件。」

這麼說完之後，孝子忍不住打起了哆嗦。

「原來如此。那麼西園寺琴江女士呢？您也是擔心有里小姐的身體嗎？」

「不，我只是正打算要回到自己位於二樓的房間而已。畢竟對我這個上了年紀的人來說，派對實在不是什麼令人愉快的場合。我會撞見事件只是偶然……」

不知道是不是因為面對警察而感到緊張，西園寺琴江一副戰戰兢兢的樣子。

「啊啊，對了對了，的確是這樣沒錯。」佑介接著琴江的話說。「琴江阿姨原本走在我跟母親前面一點的地方。就在琴江阿姨爬樓梯的途中，二樓突然傳來很大的聲音。一開始是聽到麗子小姐的聲音，就像『啊啊』這樣子的叫聲。接著聽到吉田先生說『大小姐，您怎麼了』。我想姊姊身體大概真的很不舒服吧，於是便和母親一起衝上了階梯。當然，琴江阿姨也採取了類似的行動，所以最後才會三個人同時抵達現場——是不是這樣子呢？琴江阿姨。」

「啊啊，是啊。我確實也聽見了這樣的叫聲。」

「原來如此，我明白了。」三浦警部贊同似地點了點頭後，便轉身面向站在房間角落的男人。「那麼你又是什麼情形呢？影山先生。」

「是，我當時正在尋找不見人影的大小姐。啊，我說的大小姐並不是澤村有里小姐，而是這邊這位寶生麗子小姐。」

這麼說完後，影山便伸手比向麗子。

「我發現大小姐人不在會場，就離開會場尋找，從一樓的走廊往大階梯方向走去。途中我隱約地聽到剛才佑介先生提到的男女叫聲。於是我馬上衝上了大階梯，前往二樓。」

「那麼，你是在佑介等人之後不久抵達現場的囉？」

「正是如此。」影山恭敬地對三浦警部低頭致意。無論對方是誰，都會恭敬地低下頭，這似乎是身為管家最可悲的習慣。

「原來如此。所以，最後出現在現場的，是在隔壁房間裡的澤村美幸小姐啊。」這時，三浦警部一臉好奇的歪著脖子思考。「明明美幸小姐距離有里小姐的房間最近，卻最晚才出現在現場，這還真叫人納悶。美幸小姐照理說應該是最先出現的才對啊。」

「哎呀，刑警先生，你這是在懷疑我的女兒嗎？真是失禮！」

成為嫌疑對象的美幸，以成熟的態度安撫著面有慍色的幸子。

「好了好了，媽，這邊就由我來說明吧——刑警先生，我來解釋我人就在隔壁房間，卻又最晚出現在現場的原因。老實說，我說自己在唸書準備考試是騙人的。其實我當時正戴著耳機聽音樂。而且還是很吵的音樂。所以我完全沒注意到麗子姊在敲姊姊的房門。想必是跟鼓聲之類的混在一起了吧。我開始察覺到隔壁的房間有異狀，是在曲子換成了慢板情歌的時候。聽到吉田先生還是誰的聲音之後，我才疑惑到底發生了什麼事情，吵鬧聲這時變得越來越大聲了——所以我拔掉耳機來到走廊上一看，隔壁的房間簡直是鬧得一團亂。」

「搞什麼嘛妳，那麼妳說『吵到我都唸不下書了』，那都是裝出來的嗎？」

面對目瞪口呆的佑介，美幸非但沒有感到愧疚的樣子，反而還天真地點著頭說：

「嗯，對啊。」

「原來如此，關於事件發生當時的情況，我已經有某種程度的了解了。」這麼說完後，三浦警部環顧起眾人。「不過，調查才剛開始。我想接下來還有很多事情要請教各位，還請各位多多幫忙——」

「請等一等，刑警先生，您還有一件事沒告訴我們。」澤村孝子以客氣卻又不容反駁的語氣問道。「有里沒看到犯人嗎？如果那孩子有看到犯人的話，事件就解決了，對吧？」

的確，孝子說得沒錯。不過在一行人的注視下，警部遺憾的搖了搖頭。

「有里小姐似乎沒看到犯人的樣子。醫院那邊是這麼回報的。畢竟犯人是趁有里小姐躺在床上的時候從背後刺傷她的，她沒能看到犯人也說得過去。」

聽了警部這段話，在場眾人散發出一股像是嘆息般的氣氛。這時，之前一直保持沉默的細山照也，用嚴肅的口吻說道。

「究竟是誰對有里做出這麼可怕的事情？刑警先生，請您快點揪出犯人——對了！犯人會不會混進了派對的客人之中呢？刑警先生。」

「當然，我們也考慮過這種可能性。不過光是派對上被留置下來的客人，就有五十人以上。說不定還有人是在中途就離開的，因此實際賓客數量應該更多才對。嫌犯這麼多，實在是——嗯，怎麼了嗎？」

警部出聲呼喚一位闖進起居間的便衣刑警。刑警走到三浦警部的身邊，並且在他耳邊竊竊私語些什麼。在那一瞬間，警部瞪大了雙眼。

「你說什麼？那是真的嗎？」

三浦警部那強烈動搖的神情，到底代表著什麼意義，麗子完全沒有頭緒。

起居間的調查結束不久，麗子接到三浦警部傳喚，獨自進入了會客室。會客室的沙發上只坐著警部一個人。三浦警部請麗子在對面沙發就座之後，便帶著嚴肅的表情開口。

「特地叫妳過來真是不好意思啊，寶生。其實我想聽聽看妳的想法，所以才會請妳過來。是指妳身為刑警的想法喔。」

剛才三浦警部還像是對待其他關係人一樣，叫她「寶生小姐」，現在卻將稱謂改成了「寶生」。這表示現在自己被當成了刑警看待。麗子益發感到緊張。

「只要有我幫得上忙的地方，無論是什麼都請儘管說。」

「那麼我就直接切入正題了。關於犯人的逃亡路徑，妳有什麼想法？」

「逃亡路徑是嗎？」

「沒錯。妳聽到被害人的慘叫聲後，就立刻抵達了被害人的房門前。當時犯人還在房間內的可能性很高。畢竟沒有充裕的時間可以逃走嘛。可是，當妳用吉田先生拿來的備份鑰匙開門的時候，房內已經不見犯人的身影了。犯人會是消失到哪裡去了呢？」

三浦警部為什麼會問這種問題呢？麗子反倒懷疑起來了。畢竟警部這個問題的答案，實在是太顯而易見了。

「被害人房間的窗戶是開著的。犯人大概是穿過窗戶到了陽臺，然後再跳到庭院裡吧。接著犯人就離開了宅邸，或是裝作若無其事的樣子，混進了派對的人群中，難道不是這樣嗎？」

「唔，從二樓的陽臺跳到庭院裡啊。」

「是的。從二樓跳下來這種事情，我想只要人被逼急了，任誰都做得出來吧。」

「嗯，的確是這樣沒錯。不過如果像那樣子跳進庭院的話，地面應該會清楚地留下犯人的足跡，或是摔了一屁股的泥巴。畢竟地面因為下雨的關係，變得很柔軟濕滑。」

「是啊，這倒也是──咦。」這時，麗子總算明白三浦警部是基於什麼意圖，問了這個顯而易見的問題。「難不成沒有留下足跡嗎？」

「沒錯。雖然調查員瞪大了眼睛四處搜尋，但陽臺底下的地面還是沒有發現任何人的足跡。當然，跌倒摔了一屁股的痕跡也沒有。妳認為這是怎麼一回事呢？」

「會不會是雨水沖掉了犯人的足跡呢？」

「雨在婚禮開始前就已經停了。在那之後連一滴雨也沒下了。」

的確，事件發生後，麗子從現場的窗戶往外看時，外頭並沒有下雨。所以不是雨水沖掉了犯人的足跡。

「那麼這到底是怎麼一回事呢──」

麗子的腦海裡浮現出「密室」這個字眼。這點似乎和三浦警部不謀而合。

「如果這是推理小說的話，偵探大概會大驚小怪地宣稱犯人就像煙霧一般從密室中消失了吧。不過我們是警察，必須從更現實一點的角度來思考。像這樣稍微想一想，就能發現一個可能性。那就是犯人的逃亡路徑未必是敞開的窗戶。」

「如果是從窗戶以外的地方逃走的話，那究竟是——」

「就是房門了。犯人是光明正大從入口的門離開了現場。」

「我不懂您的意思。事件發生後，我一直都站在門前，犯人絕不可能從門口——」

說到這裡，麗子總算發現警部是在懷疑她了。

「難不成警部認為是我故意放犯人逃走的嗎？」

「很遺憾，只能這麼想了。事件發生後，房間的門從裡頭上了鎖。而妳和管家吉田又站在門前。不過，在吉田去拿備份鑰匙的這段期間內，門前就只有妳一個人而已。這個時候犯人會不會從裡頭打開門鎖，逃到走廊上呢？然後不知道是什麼原因，妳讓那個犯人逃走了。」

「您、您說我是犯人的共犯嗎？我可是有里的朋友，而且還是現任的刑警耶。」

而且還是「寶生集團」的總裁寶生清太郎的女兒喔！如果隨便把我當成犯人的話，到時候你可是吃不完兜著走！麗子差點脫口說出這些話。

「哎呀，警察涉入犯罪並不罕見啊。」三浦警部滿不在乎地這麼說完後，便以嚴厲的視線瞪著麗子。「而且我聽說，妳不是打從心底祝福澤村有里的婚事。反倒對她得到了幸福感到氣憤不平。有人清楚的看到妳表現出這種態度，並且說出了這番證詞。這樣的妳，會協助犯人逃跑，也不是不可能的事情。」

「您說什麼！我不願祝福有里的婚事？還感到氣憤不平？」

為了保持冷靜，麗子做了個大大的深呼吸，然後問道。

「警部，到底是哪裡的哪個傢伙，說出這種亂七八糟的證詞啊？」

4

在走廊上發現目標，看到那個身穿燕尾服的男人後，麗子悄悄握緊了拳頭，一直線地對著他猛衝。這個叛徒管家！看我用憎恨的鐵拳打爛你那張佯裝效忠的臉！

不過敏銳察覺到背後有股殺氣的他，轉過身子，並且風度翩翩地低下頭說：「哎呀，這不是大小姐嗎？」輕易地閃過了麗子渾身解數的一擊。麗子的拳頭毫無用武之地揮過眼前的空氣。

「什麼叫『這不是大小姐嗎』！」

突襲失敗的麗子用言語代替拳頭洩憤。「影山！你這傢伙居然敢把我出賣給警察！說什麼我忌妒有里的婚事。託你的福，我已經完全被當成嫌犯了。一切都是你的錯，你這個叛徒！」

看到麗子快要哭出來的模樣，影山一時間像是搞不清楚狀況似的歪著腦袋，過了一會兒，他敲著手心喃喃說著「啊啊，原來是那件事情啊」。看來他心裡似乎已經有個底了。

「可是我不懂，為什麼我的證詞會害大小姐遭到懷疑呢？從現場情況看來，大小姐顯然不是犯人。而且還有吉田先生這位證人——」

「那個情況變了。現在是密室喔，密室。」

麗子把從三浦警部那邊聽來的情報告訴影山。陽臺下方沒有犯人的足跡。所以犯人只有可能是得到了麗子的協助，順利逃離現場。

麗子說完之後，一直默默聽著的影山露出了滿意的笑容。

「是這樣啊。原來如此，那可真是——」

「咦？什麼？你想到什麼了嗎？」麗子懷抱期待，注視著影山。

雖然這個名叫影山的男人是個很不稱職的管家，但是他卻擁有能夠將事件化繁為簡的特殊能力，所以有時從刑警的角度來看，是個值得器重的人物。

「如果你知道些什麼的話，那就說說看吧。我姑且聽聽。」

拜託你，告訴我你的想法，麗子之所以無法坦率地懇求影山，是因為身為大小姐與現任刑警的自尊心在作祟。彷彿故意要吊麗子胃口般，影山用手指推了推眼鏡的鼻架。

「我已經十分明白了。不過為了慎重起見，我想要看看引起爭議的陽臺。」

「雖然要進入現場是不可能的事情，不過我想從庭院看看還不成問題。我們走吧！」

兩人馬上走出宅邸，繞到了庭院。站在能夠眺望有里房間的位置，麗子指向陽臺。

「你看，那就是有里房間的陽臺。」

「喔，就是那個啊。」影山明顯露出期望落空的表情。「那麼，陽臺隔壁的窗戶是？」

「那是美幸房間的窗戶。」

「咦？所以美幸小姐的房間沒有陽臺嗎？」

「這麼看起來，好像真的是這樣呢。」有小陽臺的只有有里的房間，隔壁房間並沒有陽臺，只有窗戶而已。「那又怎麼了嗎？」

影山流露出些許氣餒的神色，然後重新望向問題所在的陽臺。

「看來我似乎是猜錯了。原來如此，如果犯人從那座陽臺跳下來的話，地面上絕不可能不留下任何痕跡。也就是說，犯人果然不是從那座陽臺跳下來的。不過，要爬上屋頂就更不可能了，這樣一來，逃亡的路徑只剩下房門的入口而已……」

說到這裡，影山突然重新面向麗子，並且壓低聲調開口詢問。

「大小姐，您真的沒有放犯人逃走嗎？請您一定要告訴我實話……」

「就跟你說沒有了！你到底是站在誰那邊的啊？」

「……我當然，」影山回答道。「是站在大小姐這邊的。」

「那一瞬間的停頓是什麼意思？」原本感人肺腑的臺詞全被他給糟蹋了。

「我有停頓嗎？」影山這麼敷衍過去後，便重新將話題轉回密室之謎上頭。「雖然乍看之下像是密室，但實際上卻有祕密通道，這種事情時有所聞。尤其是像這座宅邸一樣古老的建築物，就算有這種機關，那也沒什麼好感到不可思議的。」

「可是我們又沒辦法知道屋內有沒有什麼祕密通道。」

假使這是在國立署管轄範圍內發生的事件，風祭警部現在大概早就意氣風發的把現場的地板與天花板都翻過來仔細調查了吧。不過這裡是白金臺。風祭警部人並不在這裡，麗子也沒有參與調查的權限。當麗子不耐煩地盤起雙手時，影山突然大聲說道。

「您看，大小姐。西園寺琴江女士正好走過來了。」

麗子順著影山所指的方向一看，那裡的確有個身穿和服的老婦人。她正帶著煩惱和苦悶的表情，一步一步地接近這裡。

「如果是這座宅邸的事情，我想最好還是請教她吧。畢竟琴江女士是唯一在這座宅邸裡出生長大的人。也就是所謂西園寺家活生生的見證人。」

「是啊。不過影山，拜託你別在她的面前說什麼『活生生的見證人』喔。」

麗子這麼叮嚀過嘴巴惡毒的管家之後，便走向了西園寺琴江身邊。

「不好意思，夫人。」然後她半強迫式的展開詢問。「恕我冒昧，請問這座宅邸裡有祕密通道或暗門之類的東西嗎？」

面對突如其來的質問，西園寺琴江顯得有些驚慌失措，不過她卻斷然地搖了搖頭。

「沒有，我在這座宅邸裡生活了六十年以上，從來沒有見過那種像是忍者之屋的機關。這座宅邸只是一座普通的老舊洋房啊。」

「那麼，是不是只有有里小姐的房間特別經過維修或改造呢？」

「不，沒有這種事。這座宅邸一直都跟以前一樣。」

「是嗎？既然夫人都這麼說了，那就一定是這樣沒錯了。謝謝，我只是有點在意而已。真是非常感謝您。」

「沒能幫上妳的忙，真是不好意思。」西園寺琴江靜靜低下了頭。「那麼我就此告辭了——」

琴江以優雅的姿態轉過身子。這時，影山突然使用跟平常截然不同的成熟嗓音，朝她的背影叫道。「請您留步，大小姐。」

在那一瞬間，琴江的腳倏地停了下來。

「哎呀，又有什麼事情要找我了嗎？」

琴江回過頭來。看了這突發的狀況，麗子完全搞不清楚是怎麼回事，只能保持沉默。不過影山卻像是什麼事情都沒發生過一般，滔滔不絕接著說下去。

「恕我冒昧，您難道不是有什麼話想對我們說，所以才來到這裡的嗎？如果您有話想說的話，無論是什麼，都請您儘管說，大小姐。」

「啊啊，這個嘛……其實也沒有什麼特別的事情。我只是看到你們在庭院裡，不知不覺就走過來了……」

這時，西園寺琴江才恍然大悟似地瞪大了眼睛。琴江似乎察覺到了飄散在現場的尷尬氣氛、以及朝自己投來的懷疑眼光。她彷彿試圖掩飾自己的失策一般，慌慌張張地顫抖著嘴唇。

「你、你在說什麼啊！我、我才沒有——」

面對亂了手腳的琴江，影山冷靜地道出那一切都已經無法挽救的事實。

「剛才我叫琴江女士『大小姐』的時候，您很自然地回過頭來。沒有絲毫的猶豫和疑問，就像這一切都很理所當然的樣子回應了我。不是嗎？」

「那、那是因為！」琴江雖然想要開口說些什麼，但是眼神卻飄忽不定，只能保持沉默。「……」

麗子也驚訝得說不出話來了。的確，麗子也看到影山叫了西園寺琴江兩次「大小姐」，而琴江也毫不抗拒回應了兩次。就像是她早已經習慣被人稱呼為「大小姐」一樣。

「影山，這是怎麼一回事？」

「簡單的說——」影山把手放在西園寺琴江顫抖的肩膀上。「西園寺琴江女士下定決心，要向身為刑警的寶生麗子小姐自首了。是這樣沒錯吧？大小姐。」

西園寺琴江像是認命般點了點頭，然後自行走到麗子面前，低下頭來。

「刺傷有里小姐的人是我。真是非常抱歉。」

麗子把西園寺琴江帶到三浦警部身邊後，事件急轉直下解決了。可是從頭到尾麗子還是完全不了解這起事件的真相。在前往停放豪華禮車的停車場途中，麗子在前庭要求影山說明清楚。結果影山說了一句出乎意料的話。「其實我原本還在懷疑美幸小姐。」

「為什麼？為什麼你會懷疑她呢？」

「那是因為美幸小姐的發言裡，有些地方很不自然。大小姐您也還記得吧。事件爆發後，從自己房間出來的美幸小姐她所說的話。她是這麼說的——『琴江阿姨怎麼了嗎？』。」

「聽你這麼一說，的確是這樣沒錯。然後我記得佑介好像是說『笨蛋，不是琴江阿姨。是姊姊』。那又怎麼樣了嗎？」

「為什麼美幸小姐會誤以為是琴江女士出了什麼事呢？那個房間是有里小姐的房間。雖然琴江女士確實也在那裡，不過孝子女士和佑介先生也在，加上我也在場。在這種情況下，為什麼美幸小姐會脫口說出『琴江阿姨怎麼了嗎？』這種牛頭不對馬嘴的話呢？」

「照這麼說來是有點奇怪。」

「於是我開始想像。會不會是美幸小姐動手刺傷了有里小姐呢？然後她為了故弄玄虛，假裝自己毫不知情，才刻意說出那段牛頭不對馬嘴的發言。」

「原來如此。你以為那是她拙劣的演技啊。」

「是的。假使美幸小姐是犯人的話，她在犯案之後會採取什麼樣的行動呢？只有一種可能了。也就是在有里小姐的房間內犯案之後，美幸小姐從房間的窗戶走到陽臺，跳到就在隔壁的自己房間的陽臺，接著，再裝出一副若無其事的表情從自己房內現身——這是非常有可能的狀況。這樣一來，美幸小姐比大家晚一點出現在現場，這點就說得通了。而且陽臺底下找不到犯人的足跡，這個證據也和我的推測相符。我原本已經確信這就是真相了，然而，剛才來到庭院眺望現場時，我才發現自己錯了。」

「啊啊，原來如此啊。」麗子總算明白了。「美幸的房間沒有陽臺。如果美幸是犯人的話，她就只能從有里房間的陽臺直接跳進自己房間的窗戶了。這樣的特技，美幸絕不可能辦得到。」

「您說得是。所以美幸小姐並不是犯人。這下子又回到了一開始的疑問。為什麼美幸小姐會誤認為琴江女士發生了什麼事呢？在那個當下，有什麼會讓美幸小姐產生這樣的誤解嗎？那時，我的腦海裡靈光一閃。而給予我靈感的不是別的，正是大小姐所說的話。」

「我嗎？我說了什麼重要的話嗎？」

「是的。大小姐在詢問西園寺琴江女士時，稱呼她為『夫人』。聽了這句話後，我偷偷捏了把冷汗。這是因為琴江女士直到過了花甲之年，至今都還沒有結過婚。她並不是誰的『夫人』。從某種角度來說，我認為稱呼她為『夫人』是件非常失禮的事情。」

「啊啊，或許真是這樣。不過照你這麼說，又該怎麼稱呼她才好呢？」

「我也有同樣的疑問。而且我也很在意目前仍擔任管家，服侍琴江女士的吉田先生，他平常又是怎麼稱呼她的。就在這個時候，我突然想到，吉田先生該不會還是稱呼西園寺琴江女士『大小姐』吧？就像我叫寶生麗子小姐為『大小姐』一樣。」

「我倒覺得自己跟琴江女士的情況差很多喔。」

「的確，琴江女士是年過六十的女性。一般而言，已經到了不能稱呼她為『大小姐』的年紀了。可是稱謂這檔事，終究只是兩人之間約定好的規則。吉田先生在五十年前來到西園寺家服務的時候，琴江女士無疑是西園寺家的『大小姐』，所以吉田先生當年一定也是這麼稱呼她沒錯。而琴江女士又始終沒有跟任何人結婚，於是兩人的主僕關係從此之後就完全沒有改變過。因此，吉田先生會不會直到現在還是叫琴江女士『大小姐』呢？我一想到這點，就試著對琴江女士呼喚『大小姐』。結果，就如同您所看到的一樣了。」

被管家呼喚「大小姐」的西園寺琴江，非常自然地回頭了。

「不過，大小姐您也還記得吧。剛來到這座宅邸時，有里小姐從階梯上摔下來的場面。當時吉田先生雖然馬上衝到了有里小姐的身邊，但他當時有稱呼有里小姐為『大小姐』嗎？」

「這麼說起來……好像沒聽他這麼說……」

「是的。他並沒有叫有里小姐『大小姐』。基本上，吉田先生要是稱呼有里小姐為

『大小姐』，會衍生出一些問題。因為澤村家裡存在有里小姐與美幸小姐兩位千金。如果吉田先生想用『大小姐』這個詞彙來稱呼兩人的話，當時就應該分別稱呼她們為『有里大小姐』與『美幸大小姐』才對。不過，實際上吉田先生並沒有這樣稱呼她們。」

「對了，我想起來了。看到有里從階梯上摔下來，吉田先生是喊著『有里小姐』。」

「我的印象中也是如此。換句話說，吉田先生分別稱呼澤村家的兩位千金為『有里小姐』與『美幸小姐』，另一方面，則繼續稱呼過了花甲之年的西園寺琴江女士為『大小姐』。」

「這也就是說——」

「是的。您已經察覺到了吧。重點在於吉田先生闖進有里小姐房間後所說的那句話。踏進房間之後，他喊道：『大小姐，您怎麼了！』我一直以為，大小姐這句話是對遇刺的有里小姐說的。不過，實際上卻是對琴江女士說的。換言之，那個密室裡除了遇刺的有里小姐以外，原本還存在著另一個人，也就是西園寺琴江女士。當然，如果其中一方是被害人的話，另一方必然就是犯人了。」

「是這樣啊……琴江女士是犯人……而且原本就躲在密室裡……」

「我很明白大小姐不願承認自己有所疏失的心情。不過，在那種情況下，大小姐不可能先觀察過房間的每個角落之後，才踏進現場。像是書架和衣櫥的陰影處、書桌底下，或是房間的角落等等，如果只是要暫時躲藏起來的話，能夠選擇的地方可說到處都是。

大小姐沒有發現躲起來的琴江女士，就這樣直接衝向了床邊。另一方面，吉田先生發現躲起來的琴江女士而嚇了一跳，才會發自內心地大喊：『大小姐，您怎麼了！』不過，大小姐卻被有里小姐的傷勢奪走了注意力，所以沒有注意到犯人也許就在自己的背後。等到大小姐您總算回頭張望自己的背後時，那裡已經趕來了許多家人了。因此，在大小姐看來，琴江女士只不過是聽聞騷動而趕來的其中一人罷了。然後，這時美幸小姐出現，她說：『琴江阿姨怎麼了嗎？』」

「原來是這樣啊。美幸知道吉田先生說的『大小姐』指的就是琴江女士。所以她才會以為是不是琴江女士出了什麼事。」

麗子總算察覺到自己在這起事件中完成的重要任務。

「這麼說來，是我把原本在密室裡的真凶、連同其他人一起趕出房門外囉？是我幫助犯人逃離密室的嗎？」

「很遺憾，正是如此。當大小姐喝令大家離開房間時，吉田先生大概也察覺到大小姐您有所誤會了吧。吉田先生在這其中找到了一絲微薄的機會。那就是拯救琴江女士免於蒙受罪犯汙名的機會。吉田先生說『請照寶生小姐所說的話做吧』，裝出一副聽從刑警指示的模樣，實際上，卻在走廊上和澤村家的人進行重大的商議。」

「重大的商議？」

「簡而言之，這起事件是西園寺家的老婦人刺傷了有親戚關係的澤村家長女。也就是住在同一個屋簷下的人們引發的醜聞。對澤村家的孝子女士來說，她應該不會希望身為親戚的琴江女士遭到逮捕才對。畢竟這是有損門風的醜聞。於是，西園寺家與澤村家連忙討論該如何串供。而最後編造出來的，就是琴江女士、孝子女士、以及佑介先生幾乎同時趕到現場這樣的故事。」

「原來如此。那麼三浦警部的調查不就完全沒有意義了嗎。畢竟那些證詞都是為了包庇真凶而捏造出來的。」

「正是如此。」影山靜靜地點了點頭。

密室之謎，以及真凶的身分，一切全都解開了。剩下的謎題只有一個。

「琴江女士為什麼要刺傷有里呢？」

「據我猜想，兩人之間恐怕有什麼糾葛，而且跟這次的婚禮有關吧。大小姐沒有什麼線索嗎？」

「啊啊，這麼說來……」

佑介確實說過。新郎細山照也原本是靠著討好琴江才當上了西園寺家的顧問律師。當時細山或許曾在琴江耳邊說了不少甜言蜜語。就算他沒有這麼做，琴江也很有可能對充滿成熟魅力的美男子律師產生好感。不過，細山最後卻選擇了和年輕的有里結婚。這大概就是琴江對有里心生怨恨的動機吧。雖然麗子這麼想，但卻沒有說出口。這些話，只要由出面自首的琴江親口說出來就夠了。

於是密室之謎又再度靠著影山的智慧解開了。麗子與影山坐上豪華禮車踏上歸途。車子開了一會兒之後，駕駛座上的影山用十分嚴肅的語氣開口問道。

「對了，大小姐。趁這個好機會，我有件事情想跟您確認一下——」

「你、你怎麼突然這麼說啊？到底有什麼事？」

非比尋常的氣氛，讓麗子不禁挺直了背脊。接著影山冒出了一個正經八百的問題。

「到大小姐幾歲之前，我還可以用『大小姐』來稱呼您呢？」

「啊……喔喔，這個啊……」原來是這件事情。的確，這是個值得好好考慮的問題也說不定。

麗子認真地煩惱了一會兒。是三十歲、還是四十歲、五十……？然後，就像是要抹去腦海中的煩惱一般，麗子輕輕地搖了搖頭。

「你在擔心什麼啊？影山。你以為我過了六十歲還是個『大小姐』嗎？放心啦。到時候我一定會讓你叫我『夫人』的。」

透過後照鏡，彷彿可以看見影山的嘴邊浮現出淡淡的微笑。

「祝您的願望早日實現，大小姐。」

拜託真的要實現啊，麗子迫切地這麼想著。

第五話　請小心劈腿

1

早在很久以前就一直煞有其事地謠傳說，國分寺車站北口將要進行比以往更大規模的再開發計畫案。結果拖了將近十五年，站前地區還是幾乎沒有改變。擠滿了小型商店、學生，以及公車的狹窄街道，就某種層面來看，說不定大家都懶得改變吧。站前僅有的改變，頂多就是開了Donkey連鎖漢堡排餐廳跟星巴克而已。還有，早稻田實業專科學校在甲子園贏得優勝時，稍微有機會在電視上亮相而已。不過，這樣的平凡地方，竟然也發生了悲劇。

宮下弘明是在從公司返家之後，遭逢了這場悲劇。

住了許多單身男性的公寓大廈的其中一間套房裡，身為阪神隊狂熱球迷的他，一手從冰箱內取出了罐裝啤酒後，就趕緊回到電視機前。CS衛星電視的職業棒球轉播，這時正輪到阪神隊進攻。兩人出局、滿壘的情況下，上場打擊的選手偏偏輪到了狀況奇差無比的新井，看來阪神隊正面臨天大的危機(？)。

宮下喝了一口啤酒，一屁股坐在沙發上。當新井揮棒出去，不偏不倚命中白球時，幾乎就在同一時刻，宮下「啊！」的興奮到想要站起身來，那顆被打擊出去的球，一直線的往甲子園左外野的全壘打標竿飛去。外野席的阪神老虎隊球迷傳來歡呼聲，宮下卻突然發現自己不知道怎麼回事，已經蹲在沙發前動彈不得。

「唔……」到底發生了什麼事？宮下趴在地上，提心吊膽地伸手摸摸自己的腰。「這該不會是……人家常說的閃到腰吧……？」

看來是錯不了了。新井出乎意料的揮棒出擊，讓宮下腰閃到了。總之，還是盡快就醫吧，宮下這麼想著。於是他關掉電視，以匍匐前進的方式來到玄關。接著拿起插在雨傘架裡的木刀代替枴杖，走出家門。順帶一提，木刀是他高中參加校外旅行時，在水前寺公園的土產店裡糊裡糊塗買下的。當然，這也是這把木刀第一次在現實生活中派上用場。

宮下拖著像是戰敗士兵般的步伐，在公寓的走廊上前進，然後在電梯門前停下腳步。這時剛好響起「叮」的一聲鈴聲，眼前的電梯鐵門隨之開啟。拄著枴杖的他，只能維持上身前傾的姿勢。映入他眼簾的，是一對男性與女性的腳踝。

全新的黑色皮鞋，以及包住後腳跟的鏤空網狀涼鞋。

在前傾的狀態下，勉強抬起頭來一看，宮下發現穿著棕色西裝站在那裡的是自己認識的人。「啊，野崎先生……」

野崎伸一是宮下隔壁房間的住戶。這男人身材矮小削瘦，有著一張娃娃臉。所以乍看之下跟學生沒兩樣，但實際上他和宮下一樣，都已經是出社會工作的人了。雖然平常他們的關係不是說有多親近，但在走廊上遇見時，還是會互相打聲招呼。因此，在這種情況下，宮下也像平常一樣道了聲「晚安」，然而野崎卻像是嚇一跳似地在電梯裡倒退了一步。身旁的年輕女性則是害怕地躲到野崎背後。這也難怪。畢竟有個男人拿著木刀，站在公寓走廊上等電梯。在對方看來，大概就像是遇上了形跡可疑的恐怖分子吧。

「哎呀，其實我閃到腰了，哈哈哈，正要去醫院呢……」

野崎伸一這才鬆懈下來，呼了一口氣，並說道「請多保重」後就走出電梯。年輕女性拿野崎的背部當擋箭牌，也這樣跟著他一起走出電梯。雖然看不清楚長相，但至少看出那是一位身穿緊身牛仔褲、搭配著亮粉紅色襯衫的苗條女性。

八成是野崎的女朋友吧，宮下這麼推測。如果是平常的宮下，現在一定會用他的眼睛大吃冰淇淋，好好把那女人的身材長相給看個過癮，不過遺憾的是，他現在腰痛到不得了。男人一旦腰痛起來，就失去了看熱鬧的心情與色慾。所以宮下拄著木刀枴杖，乖乖地乘上電梯，然後按下了到一樓的按鈕。

門逐漸關上。從門縫中可以看見野崎和女朋友相偎而行的背影。

2

位於國分寺市本町的「Heights 武藏野」公寓的五〇四號室，就在木頭地板房間幾近正中央處，有一位青年橫躺在那裡。他的周圍有許多男人以敏捷的腳步來回移動。有人透過相機的觀景窗看著青年，也有人用極為失禮的強烈視線盯著青年的身體。假如青年還保有正常人的感覺的話，大概會羞恥難耐地漲紅了臉、或是氣得臉色發青、渾身發抖吧。

可是青年的臉色既不紅也不青，他的額頭上刻印著深深的傷痕，早就已經死了。圍繞在周圍的調查員們，只不過是在執行他們原本的職務，也就是現場蒐證。

在這殺人現場之中，只有一朵黑薔薇盛開著。寶生麗子猶豫著不知道該把視線往那兒擺。當然，麗子既然是任職於國立署的現任刑警。就算是胃袋從屍體裡翻了出來，還是小腸和大腸打成了蝴蝶結，以麗子的刑警立場，都不容許她別過視線，然而——

眼前的屍體卻渾身赤裸。是個一絲不掛、名符其實的全裸屍體，而且還是男性。

當然，警察最忌諱就是心理障礙。區區一位男性的全裸屍體，和路旁盛開的蒲公英也沒什麼不同，要是沒辦法平心靜氣觀看的話，那就不配當一個刑警了。重新整理好思緒的麗子，用指尖推了推裝飾用的黑框眼鏡後，就用毅然決然的視線，仔細地觀察起青年的屍體。

那是個相當矮小的男性。身高大約是一六〇公分左右吧。臉蛋充滿稚氣，搞不好還會被誤以為是國中生呢。對某些女性來說，這種類型的男性或許會讓她們大呼可愛也說不定。當麗子觀察出這幾個特點時，晚一步抵達現場的風祭警部多嘴地說道：

「哎呀，寶生。瞧妳看得那麼入神，莫非妳對全裸屍體有特殊的興趣嗎？」

「什麼看得很入神，才沒有呢！我只是因為工作的關係，才逼不得已仔細觀察的！」

我怎麼可能對男性裸體有什麼特殊的興趣嘛，這個老是愛性騷擾的上司！麗子在嘴裡輕聲地埋怨之後，就把她透過觀察得到的線索向上司報告。

「屍體的額頭部分有疑似遭到毆打的傷痕。此外，屍體旁邊掉落了一個沾著血液的玻璃製菸灰缸。這會不會就是凶器呢？」

「也就是說，這是一起殺人事件對吧。畢竟沒什麼人會脫光衣服自殺嘛。不過話說回來，寶生。」風祭警部對美麗的部下投以銳利的視線，並且說了這麼一句話。「——妳說誰在性騷擾啊？」

「您……您在說什麼啊？我不太懂您的意思……」

麗子裝傻似的將視線拉低、望著手冊。真是的，天底下就是有這種一聽到自己的壞話，耳朵就變得特別靈敏的人。為了迴避尷尬的話題，麗子將話鋒轉回事件上。

「根據公寓管理員提供的情報，被害人是這房間的住戶，野崎伸一。年齡二十五歲，單身。似乎沒有同居人的樣子。職業為上班族，工作單位是——」

「妳・說・誰・是・性・騷・擾・渾・蛋・啊！」

「不，那個……」正確說來不是性騷擾渾蛋，而是性騷擾上司，不過現在談這個沒有任何意義吧。「對不起。我向您道歉，請您不要生氣。」

「喂喂喂，寶生，妳不要誤會啊。妳以為我是那種心眼小到會為了這種事情而生氣的男人嗎？哈哈，怎麼可能嘛！妳看，我這不就開開心心地原諒妳的過錯了嗎？不過話說回來，寶生，今晚跟我一起去吃個飯如何？我在吉祥寺發現了一家很時髦的越南料理店喔——」

「那麼工作該怎麼辦呢？眼前有一具屍體啊。而且死狀顯然很異常呢。」

反正我絕對不會答應就是了。麗子在心裡吐舌頭做鬼臉。風祭警部聳著肩說：「哎呀呀，這就沒辦法了。」然後重新俯視著全裸的屍體。

「這事確實很古怪。男性全裸遇害，雖然死狀不怎麼好看，但還挺有意思的。話說回來，妳剛才還沒說完呢。繼續說下去。被害人的工作單位是？」

「工作單位是保險公司『三友生命』。目前隸屬於新宿總公司的祕書課。」

麗子抬起頭時，風祭警部那張宛如古早電視劇裡英俊小生般的端正臉龐，正浮現出誇耀勝利般的笑容。

「喔～這個三友生命保險可是大企業呢。儘管還是比不上風祭汽車就是了。」

「是啊，的確是大企業呢。」——雖然還差寶生集團一大截就是了。

「風祭汽車」是一家汽車大廠，他們所推出的揚名國際的古典跑車，同時兼具有最棒的設計、與最糟糕的耗油率。風祭警部是這家汽車公司創業者的兒子。雖然不清楚是不是靠著自家的財力在幕後運作，但他年紀輕輕才三十二歲就晉升為警部，堪稱是國立署的菁英。但很遺憾的是，他剛好也是麗子的直屬上司。

另一方面，周遭同事都不知曉的是，其實麗子的父親——寶生清太郎，是大型複合企業「寶生集團」的總裁。只要他有心的話，靠著他的財力，可以在今天之內買下風祭汽車這種程度的企業，然後從明天起把公司改名為寶生汽車。說穿了，雙方規模差距就是這麼大。話雖如此，麗子卻是個遠比風祭警部更懂得謹言慎行的人，所以絕不會在殺人現場到處炫耀自己的上流階級氣質。她用 Burberry 的黑色長褲套裝把自己裝扮的毫不起眼，再用 ARMANI 的裝飾用眼鏡藏起標緻的美貌，並且穿著 Buruno Frisoni 的包頭淑女鞋，大步走在殺人現場。看了這樣的她，應該不至於有人會識破她就是大財團的千金小姐才對（儘管有若干名調查員多少感到不大對勁）。

都出身於有錢人家、舉止卻兩極化的麗子和風祭警部，首先要探討的疑點，當然就是「為什麼被害人會光著身體呢？」

「被害人是自己脫掉衣服的嗎？還是被犯人脫掉的呢？」

「那當然是被犯人殺害後脫掉的啊。被害人自己脫掉衣服，緊接著打破額頭斃命，這種場面似乎難以想像呢。」

「犯人又是怎麼處理脫掉的衣服呢？放眼望去，各個地方都找不到呢。」

「大概是被揉成一團扔到什麼地方去了吧。」

風祭警部一邊這麼說，一邊用戴了手套的手打開房內的衣櫥。

許多整齊吊在衣架上的西裝映入眼簾。雖然這些西裝多半是深藍色或是灰色，樣式也很樸素，但每件都像是剛送洗過一樣嶄新筆挺。至於各種各樣的襯衫、斜紋棉褲，以及牛仔褲等等，這類年輕人常穿的衣服，則是亂七八糟地堆放在一起。

「被害人死前到底穿著什麼衣服呢？不先知道這點，就無法調查啊。」

於是兩人又往洗衣籃與洗衣機內看了一下，可是那裡卻是空的。看不到髒內褲、西裝、襯衫，也沒有襪子之類的換洗衣物。

「犯人脫掉被害人的衣服，把那些衣服帶走了。這種可能性很高呢。」

「可是犯人為什麼要做出那種事情呢？」

面對麗子的質問，警部只回答一句「不知道」，接著又來到玄關。狹窄的玄關裡有運動鞋與涼鞋各一雙。而鞋架上則擺著像是上班時才會穿著的皮鞋。鞋子的尺寸很小，看起來應該就是身材矮小的被害人自己的鞋子，不過，玄關這兒也沒有什麼疑點。

雖然風祭警部大致看過了現場，卻還是無法對全裸屍體之謎提出有力的見解。於是警部把全裸屍體之謎暫時擱置一旁，並且下令：

「叫第一發現者過來。該問問發現屍體時的狀況了。」

正當擺在擔架上的全裸屍體被抬出去的時候，一位長髮飄逸的女性來到現場。她身穿粉紅色的薄衫配上米黃色裙子，打扮十分簡樸。輪廓分明的五官與垂在背上的黑色長髮讓人印象深刻。她就是事件的第一發現者——澤田繪里。目前就讀國分寺市內某知名大學的女大學生，今年二十一歲。

「妳是澤田繪里小姐是吧？那麼我就先從妳和野崎伸一先生的關係問起吧。」

「不久之前，我社團的學長結婚了，在那場婚宴派對上，我第一次見到野崎先生。聽說野崎先生好像是那位學長的遠親還是什麼的。所以我和他大概才認識一個月。」

「原來如此。認識的契機是婚宴派對啊。兩位在那之後就開始交往了嗎？」

聽了警部的話後，澤田繪里默默點了點頭，然後開始敘述她發現屍體時的狀況。

據她所說，她前來野崎的公寓拜訪，是在今天早上十點左右的時候。野崎好像之前和她約好要陪她去買東西的樣子，不過澤田繪里按了門鈴卻沒有人回應。野崎一定是去便利商店了吧？不以為意的澤田繪里決定先進去房間等。因為當時玄關的門並沒有上鎖。

「……可是，踏進房間的那一瞬間，我馬上就看到野崎先生倒臥在地上的身體……於是嚇得忍不住慘叫起來……」

「這也是沒辦法的事情嘛。不過，妳是因為野崎先生死了呢？還是因為他全身赤裸而被嚇到呢？到底是哪一種情況？」

面對風祭警部無關緊要的質問，澤田繪里認真地回答。

「我想一開始是被裸體嚇得叫出聲來的。在那之後我才發現野崎先生死了——是啊，我當然馬上打了一一〇報警。」

「順便請教一下，這是妳第一次看見野崎先生的裸體嗎？」

你在說什麼啊？麗子連忙瞪向警部。對妙齡女子來說，這個問題就等同於「妳是否和被害人有過肉體關係」。雖然這位葷腥不忌的上司讓麗子十分擔心，不過澤田繪里卻很乾脆地回答「不是」，然後不知道為什麼，從包包裡拿出了車票夾。裡頭放著公車的定期車票和一張相片。

那是一對男女穿著泳裝展露微笑的合照。照片上的人物是澤田繪里與野崎伸一。看來這是兩人一起去海邊玩時，在海水浴場合影留念的一幕。

「原來如此。這的確也是裸體沒錯。」警部似乎有點失望地輕聲說道，然後將車票夾交還給她。「妳發現屍體的時候，野崎先生是一絲不掛的狀態。看到這種情況，妳是怎麼想的呢？」

「這個嘛……我當時以為野崎先生在準備洗澡時遭遇了什麼事故，所以才會呈現裸體的狀態吧。」

「原來如此。從現場狀況來看的確很像是這樣——話說回來，昨天晚上八點左右，妳人在哪裡？在做什麼呢？」

昨天晚上八點左右，這是法醫推算出來的被害人死亡時間。換句話說，警部正懷疑著澤田繪里。

「晚上八點的時候嗎？我那時候正待在房間裡看電視。因為我是一個人住，所以沒有什麼不在場證明。不過我發誓自己是清白的。再說，為什麼我非得要殺害野崎先生不可呢？」

「哎呀哎呀，這只是形式上的調查罷了……嗯，怎麼了？」

有一位調查員來到客廳，警部就趁這個機會中斷了對話。調查員在警部耳邊悄聲說了些什麼。風祭警部點點頭之後，便下令「馬上把那個人帶來這裡」。看來，似乎又出現新的證人了。

接替澤田繪里出現在客廳的，是一位年紀看起來大約三十幾歲的男性，手裡不知道為什麼緊握著一把木刀。不過他並不像是想要在殺人現場和警官大打出手的樣子。聽說他昨晚閃到腰，才會拿木刀代替枴杖。

「不過，就是因為閃到腰的關係，我昨天晚上才會碰巧遇見野崎先生。」

這個自稱宮下弘明的男人，昨晚偶然碰見了從電梯裡出來的野崎伸一。據他所說，野崎穿著棕色的西裝，身邊帶著一位年輕女性。獲得有力情報的風祭警部彈響了指頭後，附在麗子耳邊說：「被害人的衣櫥裡沒有棕色的西裝，果然是被犯人給拿去了。」

「這樣一來，凶手會是那名被害人帶回家的年輕女性嗎？」

「不，現在下定論還太早了。」警部再度轉向宮下進行確認。「你是在幾點的時候遇見野崎先生的？」

「這個嘛，因為我沒有看時鐘，所以不知道正確的時間……啊，不過我是在晚上八點前幾分鐘閃到腰的。」

「你說八點前幾分鐘！」那個時間，跟推測的死亡時間幾乎一致。

「是啊，我沒記錯。因為我閃到腰時，阪神隊的新井正好往左外野的全壘打標竿打出一記滿貫全壘打。」

「啊啊，原來是那一幕啊。」風祭警部輕輕地點了點頭，然後用憐憫般的視線望著眼前這位阪神隊球迷。「這件事實在難以啟齒，宮下先生，其實那時飛向全壘打標竿的球不是全壘打，而是界外球。新井最後擊出滾地球遭到封殺，阪神隊輸得一塌糊塗呢。」

「您、您說什麼！那、那是真的嗎？刑警先生！騙人！您是騙人的吧！」

對宮下而言，這件事似乎遠比殺人案更讓人感到震驚。他自從閃到腰以來，好像就沒有看過電視和報紙，所以始終深信昨天是阪神隊贏了。

「真是非常遺憾——不過這件事就先不管了，被害人的死亡時間推測是晚上八點左右。看來你似乎是在野崎伸一遇害的前一刻碰見他。這樣一來，當時和他在一起的女性是犯人的機率就相當高了。」

然後警部再度附在麗子耳邊悄聲說道：「把澤田繪里帶來這裡。」

看來，警部似乎不假思索便直接認定野崎帶來的年輕女性就是澤田繪里了。但麗子反倒覺得，犯人也有可能是澤田繪里以外的其他人，不過想歸想，姑且還是得先確認一下。麗子馬上再把澤田繪里請進屋內，並且讓她站在宮下弘明面前。不知道發生什麼事情的澤田繪里，視線不安地四處游移。風祭警部不顧她的疑惑，單刀直入問道。

「宮下先生，你昨天見到的年輕女性是這個人嗎？是這個人對吧？」

這幾乎是誘導詢問了。於是宮下倏地挺直了疼痛的腰桿，並站到她的身旁。比對過自己的身高與她的頭頂高度之後，宮下這麼回答。

「妳有一六〇公分左右吧？大概跟野崎先生差不多高。」

「是的。」澤田繪里點了點頭。聽了她的回答後，宮下在刑警們的面前斷言。

「那就不是這個女孩了。頭髮長度之類的特徵跟昨天看到的女性很像。沒錯，那是一位留了一頭黑色長髮的女性。不過這女孩身高太高了。我看到的女性更嬌小。印象中，那女性的頭頂大概只有到矮個子的野崎先生耳邊一帶。所以身高頂多只有一五〇公分左右吧——」

3

那天下午，麗子和風祭警部一起乘車來到了吉祥寺。他們不是為了要去時髦的越南料理店用餐，而是為了訪查一位住在這城市的女性，齋藤彩。

根據宮下弘明的證詞，犯人極有可能是與被害人關係親密的年輕女性。於是刑警們檢查了野崎伸一的手機與電腦，一一篩選出被害人頻繁往來的女性，並取得了聯繫。女性的人數總計四位。其中一人是已經訊問過的澤田繪里。另外三人都是在搜查線上新出現的名字，齋藤彩也名列其中。

兩位刑警在中道通的龜澡堂旁邊一棟老朽木造公寓裡見到她。她以一身舊T恤配上牛仔短褲的打扮出現在玄關前，不知道是不是因為睡眠不足的關係，眼睛看起來紅紅的。

「警察找我有何貴幹？最近我可沒做過什麼壞事喔。」

她的語氣聽起來像是不久之前才剛做過壞事一樣。具有攻擊性的性格，也很符合殺人犯的形象。於是麗子馬上告知野崎伸一的死訊，並且觀察她的反應。她表現出一副受了很大打擊的樣子。雖然那悲悽的表情怎麼看都不像是演技，不過一問之下才發現，她現在是「一邊在便利商店上大夜班，一邊以成為演員為目標，努力磨練演技當中」，所以這也有可能是演技也說不定，麗子重新提高警覺。

然而另一方面，打從瞥了齋藤彩外表一眼的那一刻起，風祭警部顯然就對她失去了興趣。這是因為齋藤彩個子很高，大約有一七〇公分左右。而且髮型還是那種短到會讓人誤以為是男生的小平頭。宮下所目擊到的嫌犯特徵，這位女性完全不符合。

因此，麗子代替老早就失去幹勁的警部發問。

「妳和野崎先生的關係是？」

「我和小伸是青梅竹馬，以前上同一所幼稚園。現在也偶爾會見個面，一起吃個飯之類的。上個禮拜我們兩人才一起喝過酒呢……」

「昨天晚上八點左右，妳人在哪裡做什麼呢？」

「晚上八點，那時候我還沒去打工。當時我一個人待在這個房間裡。什麼啊，你們是在懷疑我嗎？你們搞錯了啦。我和小伸才不是什麼愛來愛去的關係呢。」

「那麼，關於和野崎先生交往的女性，妳有沒有什麼線索呢？比方說身高一五〇公分左右，留著一頭長髮的女性之類的。」

「什麼……妳說和小伸交往的女人……怎麼可能會有這種人嘛！願意陪那個小不點的女人頂多只有我了吧。」齋藤彩自豪地用大拇指比一比自己的胸口，但還是有些在意似地問道。「所以那個人是誰啊？妳說的那個一五〇公分的女人。」

「這個嘛，至少可以確定不是妳就是了。」麗子一邊抬頭仰望對方，一邊轉移話題。「其實野崎先生是在全裸的狀態下遭到殺害的。衣服應該是被犯人脫掉了。為什麼犯人會採取這種行動呢？關於這點，妳有沒有什麼看法呢？」

面對這個牽扯到事件本質的嚴肅問題，齋藤彩也擺出她最認真的表情回答。

「雖然我不清楚，不過犯人會不會是想要報裙子被掀的仇呢？」

麗子一問之下才發現齋藤彩有過這樣的「前科」。據說在幼稚園時期，齋藤彩為了報裙子被掀的仇，曾脫掉野崎伸一（當時四歲）的衣服強迫他溜鳥。原來如此，每個人聽到全裸，聯想到的內容也各有不同啊。最後，在沒有特別收穫的情況下，麗子他們離開了齋藤彩的公寓。

接著兩位刑警來到了住在世田谷的議員，黛弘藏的宅邸。不過他們不是有事要找政治家。這位議員的獨生女，黛香苗才是麗子他們的目標。

出現在玄關前的黛香苗，穿著一件整齊乾淨的連身洋裝。白皙的肌膚與又大又黑的眼珠讓人印象深刻。纖細的體型一看就知道是出身於名門世家的大小姐，用不知世故的大家閨秀來形容頗為恰當。看到刑警們突然來訪，她露出了困惑的表情。在得知了野崎伸一的死訊後，她更是驚訝地舉起纖弱的手掩住嘴巴。

「什麼……野崎先生他……」儘管流露出心情的動搖，黛香苗依然用不失禮節的態度帶著兩位刑警前往會客室。「請往這邊走……」

麗子與風祭警部跟著黛香苗在走廊上前進。兩人都緊盯著垂在她背上的豐潤黑髮不放。兩位刑警被請進會客室後，黛香苗暫時離開了房間，這時風祭警部把之前一直忍著沒說的想法一口氣吐了出來。

「寶生，妳看到她的頭髮了嗎？她有一頭黑色長髮！錯不了的！她就是真凶——」

「請您稍安勿躁，警部。根據宮下的證詞，跟被害人在一起的應該是個身材嬌小的女性喔。」

「她不是很矮嗎？妳也看到了吧。她的身高夠矮了。大概只有一五〇公分左右吧。」

「不是吧。以現在的女性來講，她的身高算標準的。應該有一六〇公分喔。」

「不，她很矮！」、「不，一點也不矮！」、「是一五〇公分！」、「不，是一六〇公分！」

當兩人爭論得正熱烈的時候，會客室的門打開，黛香苗用托盤端著紅茶出現了。兩位刑警從沙發上起身後，便從兩側逼近她的臉，並齊聲提出同樣的問題。「妳的身高多少？」、「請問妳的身高是？」

「咦？」黛香苗先把盛著紅茶的托盤放在桌上，然後一臉不可思議地注視著刑警們。「你們一開始就要問這個嗎？」

嗯嗯，刑警們同時點了點頭。黛香苗雖然露出一副莫名其妙的表情，卻仍舊回答了這個問題。「我的身高剛好一六〇公分，請問這有什麼問題嗎？」

在那一瞬間，麗子輕握拳頭喊道「猜中了」，而風祭警部則是彈響指頭並且「嘖」了一聲。

儘管這場詢問是從如此奇怪的問題開始，黛香苗還是滔滔不絕地訴說起自己和野崎伸一的關係。兩人的確正在交往中的樣子。

「……不過才剛開始交往一個月左右而已。我們是在父親找來後援會支持者舉行的派對上認識的。野崎先生公司的社長是父親後援會的幹部，不過那位社長突然有事，不克參加派對，於是就由野崎先生代為出席了。」

「原來如此。以那場派對為契機，兩位就開始交往了吧。」

「是的。我們當場交換了電子信箱，過了幾天之後，他主動邀我吃飯。」

在那之後，兩人似乎每週都會見上一面的樣子。有時坐著男方的車兜風，有時在高級餐廳用餐，從她嘴裡說出來的盡是這種老套的約會內容。老實說，麗子也想問問看兩人的關係到底有多深，不過，看到她那麼楚楚可憐的樣子，麗子反倒不知道該不該問這麼庸俗的問題了。於是麗子轉而提出了其他問題。

「除了妳以外，野崎先生還有跟其他女性交往嗎？」

「我想……應該是沒有才對……不過，其實我也不太清楚。」

黛香苗露出不安的眼神搖了搖頭。她是真的不知道嗎？還是演技精湛呢？麗子無法判斷。為了慎重起見，麗子詢問她是否有不在場證明。

「昨天晚上八點左右，我人都在家裡。兩位大可去問我父親。」黛香苗很篤定地回答。很遺憾，父親的證詞無法當作女兒的不在場證明。如果父親是個即將面臨選戰的議員，那就更不能當真了。這時，風祭警部又直截了當地開口。

「為什麼犯人要剝光野崎先生的衣服呢？關於這點，妳有沒有什麼線索？」

「您說剝光衣服嗎？……這我也不清楚。」黛香苗輕輕地搖了搖頭，然後馬上又抬起臉來。「如果野崎先生還有跟其他女性交往的話，說不定野崎先生正在和那位女性做……不……」

面對紅著臉低下頭的千金小姐，風祭警部投以虐待狂一般的視線。

「在做什麼？請妳說清楚！」

不知道是不是全裸殺人事件的性質使然，這回的風祭警部跟往常大不相同，似乎完全開啟了暗藏在心中的性騷擾模式。看穿警部企圖的麗子「嗯哼！」地清了一下嗓子。然後出手為這隻遭受惡狼欺侮而不知所措的柔弱小羊解圍。

「是性行為。野崎先生是在和女性進行性行為時遭到殺害的。所以才會全身赤裸。妳是這麼想的吧？」

「是的，沒錯！我想說的就是這個。」

黛香苗大概很開心吧，只見她像是膜拜似地合起雙手，點頭附和麗子所說的話。在麗子身旁，風祭警部一臉無趣地從鼻孔噴出不屑的氣息。

詢問完黛香苗後，刑警們告別了黛邸。等到坐進車裡，風祭刑警才說出了喪氣話。

「真可惜。如果黛香苗的身高再矮個十公分左右的話，就跟宮下的證詞完全吻合了。有沒有什麼方法能讓身高暫時變矮呢——寶生，妳知道嗎？」

「這不可能啦，警部。穿上鞋跟夠高的鞋子，的確可以讓身高變高將近十公分左右，不過顛倒過來是不可能的。」

現在還沒有發明能夠讓身高變矮的方法。

「總之，我們去下一個地方看看吧。」麗子坐在副駕駛座上，翻閱手冊。「被害人的第四位女友，名字叫做森野千鶴。聽說她是被害人在三友生命保險祕書課的同事。」

「祕書啊。話說這個名叫野崎伸一的男人，還真有女人緣啊。這裡頭是不是有什麼內情呢？畢竟，那男人的家世、財產、臉蛋、還有身高都比不上我，照理來說，不可能會這麼受女性歡迎才對。妳也是這麼想的吧？寶生。」

「……」

你是要我怎麼回答啊！

結果麗子始終找不到能夠應付上司問題的好答案，就這樣沉默了數十分鐘。麗子搭乘著警部駕駛的車，抵達了三友生命保險的總公司。那是一棟興建在新宿商業辦公區的摩天大廈。兩位刑警在櫃檯要求會見祕書課的森野千鶴。祕書課的職員遭到殺害的新聞，似乎已經傳遍全公司了。兩人馬上就被帶往七樓的會客室，等待嫌犯登場。

「讓兩位久等了。」

森野千鶴在會客室入口規規矩矩地行禮致意。她穿著合身的深藍色套裝，是一位身材苗條的女性。雖然五官並不能說纖細美妙，但也算得上是個美女了。一頭黑髮乍看之下長度不長，不過，那是因為她把長髮用心的綁在後腦杓上。身高極為普通。不，如果考慮到還穿著有跟的鞋子，她的身高應該算是矮的。大概剛好一五〇公分左右吧。正好與宮下的證詞完全吻合。

風祭警部一邊流露出與理想中的女性相遇的喜悅——也就是那讓人感到噁心的陰險笑容，一邊走近她的身邊。

「原來如此，妳就是森野小姐啊。嗯嗯，可以請妳稍微轉一圈嗎？嗯，原來如此、原來如此。妳的頭髮平常就是綁在後腦杓上嗎？哈哈，是工作時的髮型吧。畢竟妳是個祕書嘛。所以工作結束後，妳就會把頭髮解開了吧。想必妳的頭髮一定是又長又美麗呢。」

「這個嘛，我的頭髮應該算長的——那個，請問您要做什麼呢？」

警部不顧一臉驚訝的森野千鶴，就這樣冒失地把手貼在她的頭頂上，和自己的身高比劃起來。不久，警部總算滿意地點了點頭，然後一邊呢喃著說「一五〇！」一邊回到自己的位子上。麗子無視於這樣胡來的警部，逕自向森野千鶴問起了她與野崎之間的關係。

「我猜兩位應該不只是同事的關係吧。」

「您說得沒錯。我和野崎先生正在交往中。打從我被分發到祕書課的時候就在一起了，所以已經差不多有三年了。您說交往的契機是嗎？沒有什麼特別的原因。只是每天都在同一個職場見到面，漸漸的我就喜歡上他了。他是比我早一年進公司的前輩，工作能力很強，而且他在很多方面也給了我不少指導。」

由於麗子有個缺乏教導能力的前輩，因此森野千鶴所說的話讓她聽了好生羨慕。

「除了妳以外，野崎先生好像還有跟其他女性來往的樣子。」

「別開玩笑了！難不成刑警小姐是指野崎先生腳踏兩條船嗎？」

「不……」其實不是腳踏兩條船，而是腳踏四條船——可是真的把話講明白，森野千鶴或許會當場昏過去也說不定，麗子心想。不過，就算交往的時間長短各不相同，野崎伸一輪流和四位女性見面，這是無庸置疑的事實。森野千鶴和他交往三年真的都沒發現嗎？不，森野千鶴恐怕就是察覺了他的花心，所以才憤而用他的菸灰缸把他毆打致死了嗎？發現男朋友腳踏兩條船的怨恨，足以成為殺人的動機。如果是腳踏四條船的話，怨恨的程度就更是呈倍數增長。

「順便請教一下，」這已經成為麗子很熟練的問題了。「昨天晚上八點左右，妳人在哪裡？」

「我在自己家裡。」森野千鶴這麼回答。她獨自一個人住在位於都心的單身公寓。沒有人能夠證明她當時不在案發現場。

最後，風祭警部又針對那個老問題——為什麼被害人會在全裸的狀態下遭到殺害呢？——徵詢森野千鶴的意見。森野千鶴想了一會兒之後，便這麼回答。

「其實犯人並不是想脫光野崎先生的衣服，只是拿他的衣服另作他用罷了。他穿的衣服對犯人而言可能具有特殊的價值。所以犯人才脫下衣服帶走了。會不會是這樣呢？」

「原來如此，真是有趣的意見啊。那麼我請教妳，野崎先生在公司穿的西裝，是有什麼特殊價值的東西嗎？比方說國外知名的名牌——Christian Dior 或 Givenchy 之類的。附帶一提，我的西裝是 ARMANI 的。」

「不，他的西裝大多是在青山或 KONAKA 之類的成衣西裝店買的。」

聽了森野千鶴的回答後，風祭警部誇張地聳了聳肩。

「那就沒必要特地脫下來帶走了啊。」

警部說出了這番與所有西服量販店為敵的發言後，便結束了對森野千鶴的詢問。

4

「這下子真相水落石出了。身高一五〇公分，又有一頭美麗黑色長髮的女性——」風祭警部一邊以輕快的手勢操作方向盤，將車子開往國分寺方向，一邊這麼斷言道。「犯人就是森野千鶴。錯不了的。對吧？寶生！」

「……」

很遺憾，只要風祭警部說「錯不了的」，在大多數的情況下都是「大錯特錯」。坐在副駕駛座上的麗子內心充滿不安，那個祕書課的女性，真的是殺害野崎的犯人嗎？

「假使森野千鶴是犯人好了，為什麼她要把野崎的衣服脫掉，讓他全裸呢？我不認為森野千鶴有理由要這麼做。」

「關於這點，黛香苗的見解似乎切中了事實。也就是說，在兩人進行性行為之前，或者是進行途中，悲劇發生了。我想八成是野崎太沉溺於性行為了，以致於不小心叫錯了森野千鶴的名字吧。像是繪里啦、彩啦，或者是香苗之類的。劈腿的男人通常會在這種地方露出馬腳。一定錯不了的。」

「原來如此。真不愧是警部，您的意見十分具有說服力——莫非是本人親身體驗嗎？」
「才不是！」警部的聲音突然大了起來，好像要藉機矇混過關一般。「好，既然如此，我們得趕快回國分寺去。一定要在犯案現場找出森野千鶴遺留的跡證才行。」
風祭警部用力踩下油門，讓車子一口氣加速飛馳。
不久，兩位刑警回到「Heights 武藏野」公寓後，便馬上搭乘電梯來到五樓。不過，就在他們彎過L型走廊、朝著現場的房間前進的那一瞬間，出乎意料的障礙物阻擋在兩人面前——「砰！」
風祭警部被突然出現在眼前的巨大肉牆給彈回來，整個人跌坐在走廊上。麗子在千鈞一髮之際閃過，趕緊抬頭仰望著彈開警部的巨大身軀。那是一個體型非常龐大的年輕男子。要是他穿著浴衣走在兩國國技館一帶的話，別人一定會誤以為他是排名相當高的關取相撲力士。
「你是誰？是這層樓的住戶嗎？上午沒有看過你呢。」
「是啊。你們又是誰啊？啊，難不成是刑警嗎？我聽說囉，五〇四號室發生了殺人事件吧。我現在才剛起床，聽到這消息真的嚇了一跳呢。」
男子那雙宛如橡實般圓滾滾的眼睛裡，充滿了好奇心。風祭警部一邊啪啪啪的拍打高級西裝的臀部一帶，一邊站起身子，對眼前的男子投以憤恨的視線。
「居然到了這種時候才起床，真是個奇怪的傢伙——你的姓名跟職業是？」

彷彿是要報那個被撞之仇一般，風祭警部突然拿出官威，進行訊問。這也太濫用職權了吧。

不過男子卻毫不抗拒地老實回答了。他叫杉原聰。據說職業是推理小說作家。

喔，推理小說作家啊，這個人到底都寫些什麼樣的作品呢？是不是很有名氣呢？麗子對此感到興趣，不過，風祭警部原本只是為了挑釁對方才發問的，所以並沒有再過問這方面的事情。他只是擺出面對罪犯時的恐嚇態度，自顧自地用盤問的語氣問道。

「你認識五〇四號的住戶嗎？最近有見過他嗎？」

結果，杉原聰的嘴裡吐出了意外的答案。

「我不曉得那是不是五〇四號室的住戶啦，不過我倒是有遇見一位奇怪的年輕女性。」

警部和麗子不禁面面相覷。

「你說？」、「遇見一位年輕女性？」

「啊啊，是啊。大概是昨天晚上八點半吧，我從便利商店回來，正走在走廊上的時候，五〇四號室的門剛好打開，裡頭走出了一位年輕女性。那位女性穿著鬆垮垮的牛仔褲，上半身套了一件寬大的長袖襯衫，打扮得非常邋遢。如果我沒記錯的話，手上應該還拿著一個大紙袋。她感覺上似乎非常驚慌的樣子。而且還戴著一頂帽沿很寬的帽子壓住臉，就這樣低著頭走路，所以大概是看不太清楚前方，差一點就要撞上我了呢。」

「喂，那不是五〇四號室的住戶！那就是殺人犯啊！」

從時間上來看，杉原聰撞見的那名神秘女子，很有可能就是正準備逃離現場的犯人。女子忌諱他人眼光的動作也印證了這點。拿在手上的紙袋內恐怕就裝著從被害人身上脫下來的衣服。

「你有看到臉嗎？那位女性的頭髮多長？」警部難掩興奮之情。

「不，臉我不是看得很清楚。因為帽子遮住了。而且要是太明目張膽地打量對方的話，一定會被人當成變態的。」

「明目張膽的看又不會怎樣！頂多是被當成變態而已，這有什麼好在意的！」不知道是不是因為興奮過度的關係，警部的發言變得語無倫次。「那麼身高呢？你遇見那女人的時候，雙方的距離不是近到差點互撞嗎？那女人的身高大概多高？是這麼高嗎？」

這麼說完後，警部將平舉的手掌抵在眼前壯漢的脖子下方。那高度大概是一五〇公分左右。這樣，事件就能一舉解決啦——風祭警部懷著這種期待，幹勁十足地詢問男子。不過在他的眼前，杉原聰卻像是晃動整個巨大身軀似地搖了搖頭。

「不，沒有那麼矮喔。那女人的身高應該有到我這邊。」

這麼說完後，男子把平舉的手掌抵在自己的臉部中央一帶。一瞬間，警部目瞪口呆的愣住了。杉原聰指出的高度，比警部所比劃的還要高二十公分以上。也就是一七〇公分的水平。以女性來說，是相當高大的身材。

在這起事件的嫌犯之中，只有一位女性身高符合。那就是被害人的青梅竹馬，以成為演員為志向的打工族。風祭警部毫不猶豫地叫出她的名字。

「齋藤彩——果然是那傢伙！就跟我想的一樣！」

你明明就不是這麼想的……

5

「……所以，風祭警部認為齋藤彩是犯人，不過實際上又是如何呢？的確，杉原聰看到的那位身材高大的女性，或許真是齋藤彩也說不定。不過即使如此，她也未必就是殺害野崎伸一的犯人。齋藤彩說不定只是在案發後不久，偶然來到被害人的公寓，然後一發現屍體就嚇得逃走了。而手上拿著的紙袋裡，則是放了她自己的私人物品——這種可能性也不能說沒有吧？」

聽到麗子這樣徵求意見，如影隨形地佇立在她身旁的高大男子稍微彎下了腰。然後，彷彿這是他人生中唯一被賦予的臺詞一般，男子流利地回答道。

「是的。大小姐說得一點也沒錯。」

據說面積大到沒有人能搞清楚到底有多少個房間的寶生邸裡。在同樣為數眾多的其中一間大廳裡，麗子讓身體陷進從北歐訂購來的高級沙發，跟影山說明今天的事件。

順帶一提，影山是這座宅邸的管家。雖然他對麗子來說只不過是個傭人罷了，但是他的頭腦卻比麗子更適合用在犯罪調查方面。他曾經有好幾次光聽描述，就輕鬆解決了連警察也難以理解的離奇事件。對麗子而言，他是個非常好用，同時卻也讓她感到非常不快的男人。

「而且別忘了宮下弘明的證詞。和被害人一起走出電梯的，是個身材嬌小的年輕女性。如果從這位女性的身高與頭髮長度來考慮的話，犯人或許是森野千鶴也說不定。不過還沒有確切的證據能斷定她就是犯人。」

簡單來說，現在的情況是齋藤彩與森野千鶴都同樣有嫌疑。而且缺乏決定性的證據。在嘆著氣結束敘述的麗子身旁，影山恭敬地低下了頭。

「原來如此。我已經大致了解整個事件了。想必大小姐一定感到很煩惱吧。我能夠體會您的辛苦。」然後管家從銀框眼鏡底下，朝麗子投以疑問的視線，並說了這麼一句話。

「──然後呢？」

「然後呢？」管家出乎意料的反應，讓麗子忍不住在沙發上挺直了背脊。「等等，你說的『然後』是……」

「然後──您是要我解開謎題嗎？大小姐──身為職業刑警的大小姐，居然要不過是區區一介管家的我解開殺人事件的謎題？您是認真的嗎？」

「哈。」麗子就像剛從催眠中驚醒過來一般，從沙發上站起身子。

妳是怎麼了，寶生麗子！妳被難解的事件煩過了頭，以致於連身為刑警的面子與身為大小姐的自尊都拋棄了嗎？好死不死、居然還想仰賴這男人的智慧！

麗子好不容易重整出帶有威嚴的表情之後，才轉過身子重新面對影山。「別開玩笑了！」她盡可能以強勢的態度這麼說道。「為什麼我要借助外行人的力量呢？我只是認為你可能會想聽，所以才說給你聽的。這點程度的謎題，我自己就可以解開了。這不是理所當然的事情嗎？」

「聽您這麼說，在下就放心了。其實我一直暗自擔心呢。自從我介入大小姐的事件以來，有好幾次都是靠我一個人的力量解決了難得的離奇事件。結果讓大小姐漸漸變成了不被需要的存在——」

喂，你一定要說得那麼難聽嗎？這個白目管家！氣得太陽穴頻頻抽動的麗子，正面指著影山的臉。

「我知道了。我自己解決總可以了吧。沒什麼了不起的，這種事件簡單得很呢。既然現場附近有人目擊到兩位可疑的女性，那麼犯人肯定就是這兩人之中的其中一人。事件的答案就近在眼前了。」

畢竟答案就是這兩者其中之一。就算閉著眼睛回答，亂猜兩次也總會猜中一次。

「哼，看來這一次，影山才是不被需要的存在呢。」

麗子一邊閉上眼睛回想著齋藤彩與森野千鶴兩人的臉，一邊陷入了瞎猜式的沉思……

要・選・哪・邊・才・好・呢？

不過，經過短暫的沉寂之後，管家影山毫不留情的狂妄發言，再度襲向了麗子。

「請恕我失禮，大小姐，還是請您暫時退下好嗎？」

麗子剎那間開始四處尋找可以拿來亂扔的東西。邁森的瓷器茶杯、古伊萬里的花瓶、瑞士製的座鐘——要拿來痛快地砸向無禮的管家，這些東西顯然都有點太高級了。莫可奈何之下，麗子只好選擇一點也不高級的言語，朝影山的臉扔了過去。

「退下是什麼意思！你才應該要退下吧！」

影山像是在閃避飛來的言語利箭似地搖了搖頭。「我為自己無禮的措辭向您致歉。」並慎重地向麗子謝罪。「但我不能眼睜睜地看著大小姐犯錯，而導致冤案增加。」

「冤案是什麼意思啊！你想說我的猜測——不，你想說我的推理是錯的嗎？那可未必吧。畢竟機率是二分之一——」

「好了，問題就在這裡。由此看來，大小姐似乎認定現場附近目擊到的兩位女性，其中之一就是真凶的樣子。不過我並不這麼認為。」

「你說什麼？那麼影山，難不成你的意思是，那兩位女性都不是犯人嗎？」

「不，正好相反。那兩位女性恐怕都是犯人。」

「雙方都是犯人……啊，對了！」麗子腦海裡靈光一閃。「我懂了。那兩人是共犯！」

神秘的兩位女性是共犯關係。這的確是值得考慮的意見。

「對啊。比方說宮下弘明目擊到的矮個子女性是殺人的凶手，而杉原聰目擊到的高個子女性則是拿走了被害人的衣服。這種合作模式也是很有可能發生的。」

全新的可能性讓麗子驚喜地瞪大了眼睛。不過影山卻靜靜地搖了搖頭。

「不，大小姐。我的意思並不是指共犯。」

「咦？不是共犯嗎？要不然到底是什麼意思啊？」

面對著越來越陷入迷思的麗子，影山提出了出乎意料的獨到見解。

「我認為被目擊的兩位女性，其實是同一個人。」

麗子默默地注視著影山的眼睛。他看起來不像是在開玩笑的樣子。確認過這點後，麗子用講解般的語氣，指出影山的推理矛盾。

「昨天晚上，宮下弘明目擊到的神秘女子是身高約一五〇公分左右的嬌小女性。另一方面，三十分鐘後杉原聰目擊到的女性則是身高約一七〇公分左右的高個子。你說這兩人是同一人物？」

「正是如此。」影山像是很理所當然似地低頭致意。

麗子總覺得自己好像被愚弄了。「莫名其妙！」她忍不住大叫起來。「這不可能啊。難不成一個一五〇公分的女性，在短短三十分鐘內就長高二十公分，變成一七〇公分嗎？」

不過影山並沒有回答麗子的問題，只是以自己的節奏緩緩說道。

「最可疑的是宮下弘明的證詞。宮下因為閃到腰，不得不拄著枴杖彎著腰走路，姿勢如此不自然的他，為什麼能這麼肯定素未謀面的女性身高是一五〇公分呢？」

「哎呀，那也沒什麼好不可思議的。宮下是藉由和野崎比較，進而推測出那位女性的身高啊。住在野崎隔壁的宮下，知道野崎身高大約一六〇公分左右。而那位神秘女子高度大概到野崎的耳邊一帶。所以他才判斷那位女性的身高大約一五〇公分左右。宮下是這麼說的，這沒什麼好奇怪的吧。」

「的確，這沒什麼好奇怪的。可是——」影山透過眼鏡鏡片對麗子投以銳利的視線。「當時野崎的身高真的是一六〇公分嗎？如果當時野崎的身高是一七〇公分的話，情況又會是如何呢？」

「什麼跟什麼啊，根本不可能會有這種事吧！野崎怎麼可能突然長高十公分……」

「哎呀，大小姐。」影山一邊輕輕地扶起鏡框，一邊露出嘲諷的冷笑。「我記得大小姐應該說過吧？您說要變高將近十公分是有可能辦到的事情。」

「莫非——你是說穿了高跟鞋那件事？」的確，麗子曾在風祭警部面前說過這樣的話。「別傻了，那是指女性的情況下。野崎是男人耶。」

「但是，高跟鞋也有男用的。大小姐應該也知道吧，在郵購上耳熟能詳的那個東西。」

聽到郵購兩個字的瞬間，麗子突然靈光一閃。

「那、那個東西該不會是『穿了就能讓你長高八公分』的商品吧？」

「是的。不愧是大小姐。」影山佩服似地低下頭，然後說出了那個重要商品的名稱。

「就是您所知道的祕密增高鞋。」

祕密增高鞋。就是鞋跟部分做得比一般鞋子要來得更厚，是為了解決矮小男性的苦惱而開發出來的高跟鞋。雖然商品名字裡有祕密兩個字，但是大家都知道這款商品的存在，正可謂公開祕密的魔法之鞋。

「這麼一想，的確是有這種便利的商品……」本以為和犯罪無關的商品卻意外登場，讓麗子難掩心中的困惑。「不過等一等。我記得隨著二十世紀終結，那東西也從這個世界上滅絕了才對……」

「不，大小姐。就算到了二十一世紀，只要這世界上依舊有男性為了身高太矮而困擾，只要有女性依舊對身材高大的男性懷著無謂的憧憬，祕密增高鞋就永遠不會消失。祕密增高鞋是永恆不滅的。」

「這、也對。或許真的像你所說的。畢竟野崎的確是個身高不高的男性。可是你有證據嗎？證明野崎是祕密增高鞋愛用者的證據。」

「不，我沒有證據。不過，如果昨晚他使用了祕密增高鞋，而鞋子的效果也成功讓他看起來變高了近十公分的話，那麼這次的全裸殺人事件就變得十分合理了。」

「是嗎？我倒是看不出來呢。」

拜託你，解釋得讓我也能聽得懂吧——身為大小姐的自尊不容許麗子提出這種屈辱的請求。於是麗子想出了別種說法。

「拜託你！解釋得讓風祭警部也能聽得懂吧！」

「遵命。」

影山行了一禮後，便從頭開始說明——

「首先，昨晚野崎拜祕密增高鞋之賜，增高了十公分左右，身高變成了近一七〇公分。以這點為前提來思考，野崎在這種狀態下，他要做什麼呢？當然是要和心儀的女性見面囉。而在約會途中，女方大概主動提出了這種要求吧：『今晚帶我去你的家裡。』」

原來如此，這的確是很有可能的，麗子心想。

「野崎剎那間喜出望外，卻又深深地陷入了煩惱之中。這是佔有她的絕佳機會。可是，讓她進自己的房間，就意味著自己必須脫掉鞋子。該怎麼辦才好呢？不過，關於野崎內心的糾葛，在這裡就不多贅述了。總之，野崎經過一番掙扎，最後還是選擇了帶女方到自己的家裡去。這是很危險的決定。然而心儀的女性就在眼前，他怎麼樣也不能眼睜睜地放過這千載難逢的好機會。」

影山邊說邊點頭，彷彿訴說著「我懂我懂」似的。他應該很能體會吧，麗子心想。

「於是，昨天晚上八點左右，野崎帶著年輕女性出現在『Heights武藏野』五樓的電梯間。兩人剛好遇見了閃到腰的宮下。這時，如果宮下挺直腰桿的話，或許就會發現野崎的身高比平常還要高一些也說不定。不過，彎著腰拄著枴杖的宮下，卻什麼也沒察覺到，依然深信野崎是平常那個矮小的男人。然後他便貿然地斷定那位看起來比野崎還矮的女性，身高只有一五〇公分。」

「不過實際上當時的野崎有將近一七〇公分。這麼說來，跟他在一起的女性就是一六〇公分左右囉？」

「正是如此。」在影山說出這句話的同時，齋藤彩和森野千鶴的身影也跟著從麗子的腦海裡消失。緊接著浮現出來的是第一發現者澤田繪里，以及議員之女黛香苗。兩人身高同樣都是大約一六〇公分。

「這次的悲喜劇，接下來才真正開始。野崎邀請那位女性進入自己的租屋處，然後他本人也脫掉祕密增高鞋走進房間。於是兩人的身高突然變得幾乎一樣了。在那一瞬間，女方頭頂上大概冒出了一大堆問號吧。至於男方在這種情況下會怎麼做呢，他應該會說『哎呀，沒關係啦』──想要這樣蒙混過去。」

「男人都是這樣子的嗎？」

「男人都是這樣子的，大小姐。」

「嗯……」聽到影山斬釘截鐵地如此斷言，麗子也只能接受了。「我知道了。繼續說下去吧。」

「是。對女方而言，這可不是用一句『哎呀，算了』就能蒙混過去的情況。畢竟原本身高一七〇公分的帥氣男友，眨眼間就變成了一六〇公分的小不點。女方氣得大喊『你騙了我！』才是正常的反應。另一方面，男方也不甘示弱，突然正顏厲色地喊道『個子矮有什麼不對嗎！』於是，本應是兩人相親相愛互訴情話的五〇四號房內，如今已然化為背叛、憎恨、失望，以及自卑感交織的人間煉獄。然後悲劇終於發生了。」

「女人用菸灰缸毆打男人的頭。因為剛好命中了要害，所以男人死了。」

「正是如此。事件本身只不過是一場情侶爭吵中偶然發生的事故罷了。不過殺人就是殺人。女性犯人馬上就想要逃離現場。這時，某樣東西卻突然吸引了她的注意力。那是非常瑣碎的事情，卻又不能置之不理。您明白嗎？」

「我完全搞不清楚這是怎麼一回事……你說的是什麼啊？」

「那就是被害人，野崎伸一穿的長褲褲管。」

「褲管？為什麼長褲的褲管不能置之不理呢？」

「是。為了將祕密增高鞋的效果發揮到最大限度，那條長褲的褲管，恐怕做得比一般長褲要來得更長。也就是褲管的部分會多一截出來。在穿著祕密增高鞋的狀態下，較長的褲管能夠達成遮掩厚底鞋的任務。相反地，在脫掉鞋子的狀態下，多出來的褲管看起來就非常邋遢。專業的警方調查員看了這種長度不自然的褲管之後，他們會怎麼想呢？『被害人會不會是穿了祕密增高鞋呢？』說不定有哪個精明的調查員，會立刻想到這一點吧。而犯人害怕的就是這件事情。」

國立署裡有這麼精明的人嗎？雖然麗子對此感到懷疑，不過這不是重點——「就算調查員查出野崎有穿祕密增高鞋，那又有什麼關係？這件事曝光的話，真有那麼不妙嗎？」

「至少不會是件好事。祕密增高鞋這種道具，主要是男性為了吸引女性歡迎而使用的。這種東西的存在，會讓人聯想到被害人死前曾和女人見過面。」

「是嗎？不是也有人會穿去公司嗎？」

「的確有人會這麼做，但至少野崎先生不是如此。這點只要看他擺放在房間玄關的其他鞋子就知道了。擺放在鞋架上的是很普通的皮鞋。也就是說，他的祕密增高鞋並不是用在上班通勤這方面。他在公司裡，還是一名身高一六〇公分的矮個子男性職員，很普通地在公司裡活動。這樣一來，他會穿上祕密增高鞋赴約的特定對象，就可能不是同公司的女性了。而是公司外的交友關係。」

「原來如此。野崎穿了祕密增高鞋這個事實，讓嫌犯的範圍一口氣縮小了。那對犯人而言十分不利。」

「是的。正因為如此，犯人才想隱匿祕密增高鞋的存在。此外，凡是會讓調查員腦中稍微閃過祕密增高鞋這個線索的危險性，也要一併予以排除，犯人大概是這麼想的吧。於是犯人採取了什麼樣的行動呢？——我想您已經知道了，大小姐。」

「我知道。犯人脫掉了被害人的長褲對吧？為了把褲管過長的褲子藏起來。」

「真不愧是大小姐，果然慧眼獨具。」影山擺明了在說奉承話。「不過，如果只脫掉長褲的話，反而會讓調查員的注意力集中在為什麼只有褲子被脫掉這一點。調查員恐怕會更仔細去調查衣櫥裡的長褲吧。如此一來，調查員或許就會在那裡找出好幾條褲管同樣過長的長褲也說不定。這對犯人來說，無疑是自找麻煩。」

「只脫掉長褲的做法太不周詳了。」

「是的。於是犯人決定把屍體上半身的衣服也脫掉。犯人褪去棕色的西裝外套，也脫掉了白色襯衫。這樣一來，屍體身上就只剩下內褲了。到這個地步，就幾乎形同於全裸了。那麼，乾脆把內褲跟襪子也全部脫掉，讓屍體一絲不掛好了——就算犯人會這麼想，也沒什麼好令人不可思議的。」

「的確，做得這麼徹底，反而難以看出犯人的意圖。」

實際上犯人也真的選擇了這種做法。所以個頭矮小的單身男性房裡，才會像這樣出現了離奇的全裸屍體。事件的全貌逐漸被揭開。這份驚喜令麗子難以掩飾內心的興奮。

「讓被害人全裸的犯人，之後又怎麼了？」

「犯人把從被害人身上脫下來的衣服裝進紙袋後，就準備要逃離現場。當然，放在玄關的祕密增高鞋也不能忘記帶走——恐怕就在這個時候，犯人腦海裡浮現出一個點子。」

「點子？」

「是的。可以更安全地逃離現場的點子。也就是變裝。不過那不是一般的變裝。而是更為有效、能讓自己的身高一瞬間增加將近十公分的變裝。用來完成這種變裝的道具就在眼前，犯人沒有不用的道理。」

「對了！原本是被害人使用的祕密增高鞋，這回被犯人拿來利用了吧。」

「是的。雖然性別不同，但被害人跟犯人的身高幾乎一樣，腳的尺寸大概也差不了多少。只要在腳尖墊一點填充物，女性也能穿得下那雙祕密增高鞋。當然，畢竟是穿著男用的鞋子，外觀自然不是太美觀。不過，只要穿上褲管加長的長褲，鞋子看起來就不會那麼引人側目。而這種褲管加長的長褲，就放在被害人的衣櫥裡。」

「犯人從衣櫥裡找出褲管又長又寬鬆的牛仔褲，並穿上了它。」

「還有男性的長袖襯衫、和有帽簷的帽子。這些東西都是從衣櫥裡借來的。至於犯人的長髮，大概是藏在帽子裡了。像這樣完成變裝之後，犯人便拿著紙袋離開了五〇四號。這是昨天晚上八點半左右發生的事情。」

「在那之後，犯人在走廊途中差點撞到了杉原聰。毫不知情的杉原誤以為對方是身高約一七〇公分左右的女性。利用祕密增高鞋的變裝完全奏效了。」

「是的，這樣您能理解了吧。兩位目擊者，宮下與杉原並非分別目擊到不同的兩位女性。只不過被害人與犯人交替使用了同一雙祕密增高鞋，導致宮下誤判那位女性是一五〇公分，而杉原則誤判同一位女性是一七〇公分罷了，並不是犯人的身高突然長高了。」

「原來如此。影山你說得對，這兩人的確是同一個人物。」

麗子感嘆似地沉吟著說。當然，影山的推理終究只是在『野崎伸一有穿祕密增高鞋』這個假設之下推演而來的。不過，將全裸的屍體、以及兩名目擊證人的證詞完美地連結在一起，他的推理果然還是切中了事件的核心吧。影山這次又憑著他優異的能力，漂亮地解開了全裸殺人事件之謎。他才是那個慧眼獨具的人，麗子不得不感到佩服。「——然後呢？」

「然後？」彷彿聽到了什麼意想不到的話，影山不停地眨著眼睛。「您所謂的『然後』是指什麼呢？大小姐。」

「然後——簡單來說，殺害野崎伸一的犯人到底是誰呢？既然都能推理到這種地步了，你應該知道吧。好了好了，別再裝模作樣了，快告訴我吧。」

「啊啊，大小姐……」影山像是深感失望似地緩緩搖了搖頭，然後以憐憫般的視線注視著麗子。「大小姐您是國立署搜查一課的現任刑警啊。請您自己動腦筋想想看吧。就是因為這樣，您才會被人嘲笑是『不被需要的存在』啊。」

「這話根本就是你說的吧！」

雖然麗子感到十分不滿，但她無法忍受被管家這種貨色繼續愚弄下去了。

「我知道了。就算你不說，我自己也會想。哼，這還不簡單。總之，犯人是身高一六〇公分左右的年輕女性。也就是說，犯人肯定是澤田繪里或黛香苗其中之一。答案也不過就二選一嘛——」

然後麗子立刻閉上眼睛，要‧選‧哪‧邊‧才‧好‧呢……

「請您不要亂猜，大小姐。」影山已經看穿了一切。「澤田繪里和黛香苗何者才是犯人，只要從邏輯上來想，馬上就會知道的。」

雖然不擅長所謂的邏輯，不過既然都被侮辱成這樣了，麗子也只能自己動腦思考了。她坐在沙發上盤起雙手，然後一邊皺起眉頭，一邊裝出拚命思索的模樣。不知不覺間，智慧之神總算降臨到麗子頭上了。沒錯沒錯，重點果然是祕密增高鞋。

「簡而言之，問題在於野崎伸一是穿著祕密增高鞋跟哪位女性交往。兩人是在派對上認識的，交往的時間只有一個月。這點兩者都沒有差別。」

影山只用眼神表示同意，表情連變都沒變。麗子信心滿滿地接著說：

「不過澤田繪里曾和野崎兩人一起去海邊玩過。她出示了在海水浴場拍下的照片，所以這點絕不會有錯。雖然照片並沒有拍到腳下，但野崎總不可能連在沙灘上也穿著祕密增高鞋。也就是說，野崎在澤田繪里面前，完全表現出真正的自己。如此一來，現在野崎和澤田繪里約會時，再穿什麼祕密增高鞋也沒有意義了。所以澤田繪里並不是犯人。」

然後像是為這次的事件做總結似地，麗子說出了真凶的名字。

「犯人是黛香苗。野崎就如同字面上所說的，為自己增高，想要高攀議員的女兒。」

我的推理如何呢？——麗子戰戰兢兢地窺探影山的表情。

管家彷彿忘卻了自己過去曾數度口出狂言，臉上浮現出微笑，然後深深地鞠躬致敬，並且用沉穩的低聲說道。

「真是精采，不愧是大小姐——」

第六話　請看來自死者的留言

1

「……殺害兒玉絹江的恐怕是長男和夫。和夫與絹江在公司的方針上意見相左，所以才引發了這次的事件。是這樣吧？寶生。」

「可是我們沒有證據。而且和夫目前還是有不在場證明。」

一個悶熱的夏夜。以黑暗為背景從巨大門扉裡現身的是風祭警部與寶生麗子。風祭警部穿著一身白色西裝，完全展現出他異於常人的品味。還好他的身分是警官，假使他是黑道人物的話，這個打扮就活像是幫派的少當家了。另一方面，麗子則是穿著散發高雅光澤的灰色長褲套裝。這是自覺身為社會人應有常識所做的打扮。

從事金融業的兒玉絹江的豪華宅邸前。沿著圍牆齊頭並排的數輛警車之中，一輛英國車反射月光、綻放出銀色的光芒。風祭警部倚在車旁，用一種很微妙的眼神盯著身旁這位美麗又帶著一股英氣的部下。

「不過調查才剛開始呢，未來還有得忙。拜昨晚的事件所賜，熬了一整夜，今天一整天又東奔西跑的，真是累死人了。今晚妳就好好休息、養精蓄銳吧。喔喔，對了，這下正好！」這麼說道，風祭警部伸手打開愛車的副駕駛座車門。「寶生，坐我的 Jaguar 吧。我送妳回家——」

「不用了！」麗子砰一聲地把打開的車門給推回去，然後用犀利的眼神穿越裝飾用的黑框眼鏡瞪著上司。「沒那個必要。我搭計程車回家。」

彷彿被她的氣魄壓倒一般，風祭警部用背靠著愛車的側面說道。

「妳總是不願意坐我的 Jaguar ——真有那麼令人厭惡嗎？妳真的那麼討厭 Jaguar 嗎？」

「不，我並不是討厭 Jaguar ——」

請不要逼我繼續說下去喔，警部。被麗子輕輕一瞪後，警部似乎也敏感地察覺到了什麼，那張端正的臉上浮現出痙攣般的笑容。

「我知道了。既然妳都這麼說了，我也不能勉強妳。」迅速坐上 Jaguar 的警部，從駕駛座的車窗探出頭來。「那麼。明天現場再見。」和部下約好之後，他立刻發動了愛車。違反速限的 Jaguar 吱軋一聲地繞過轉角後，便從視野之中消失了。

「看他飆成這樣，不要被交通警察逮到就好了……」

雖然身為部下還是不免會擔心，不過罷了，那是警部他家的事情。不管是用頭銜、權力、還是財產，他大概會用盡一切可能把交通罰單給搓掉吧。畢竟風祭警部是國立署內最年輕的菁英刑警，同時也是風祭汽車創業者的公子。

「不管這個了。」麗子一邊走在步道上，一邊拿出手機，撥打熟悉的電話號碼。對著手機說了一句「結束了」之後，過了一分三十秒，一輛豪華禮車悄然無聲地停在麗子身旁。

話說麗子是國立署內最年輕的美女刑警，但是她同時也是以大財閥聞名全球的寶生集團總裁的掌上明珠。

「讓您久等了，大小姐。」

明明現在是悶熱難耐的夏天，從駕駛座裡站出來的銀框眼鏡男子卻穿著兩件式的黑色西裝。他一邊彎低修長的身軀行禮，一邊打開後座的車門，護送麗子上車。這個名叫影山的男子，是在寶生家裡服務的管家兼司機。

「謝謝。」麗子優雅地點了點頭，穿過車門進入車內。她一坐上那個會讓人誤以為是豪華沙發的後座，立刻大叫著「啊——真是累死人了！」然後拔掉工作用的黑框眼鏡，解開綁在後腦杓的頭髮。甩開人民公僕——刑警這樣的假面具，重新恢復成一介千金大小姐的這個瞬間，對麗子來說，是無比幸福的時刻。話雖如此，她還是不可能立刻把正在偵辦的事件給忘得一乾二淨。

「你隨便繞一會兒吧，我要想點事情。」麗子對駕駛座上的管家下令。

「是風祭警部的事情嗎？」

咚——麗子從座椅上跌下來，發出了好大一聲。「才不是呢！是事件啦！」

「喔喔啊，您是說昨晚的事件啊。」影山一邊熟練地發動車子，一邊說道。「從事金融業的女性，在自家書齋被人毆打頭部致死。這起事件有可能是債務人挾怨報復——談話性節目上的名嘴是這麼說的。」

「喔，是嗎……」這傢伙！人家在努力工作的時候，你還有空閒看什麼談話性節目啊！

麗子突然覺得自己好像總是在白忙一場的感覺，因而失去了自己思考的熱情。還是交給影山去想吧。雖然這事不好大聲張揚，不過，最近看似由麗子解決的數起事件，其實幾乎都是——不，其實全部都是——靠著影山優異的能力解決的。只要提供正確的資訊給他，他的推理與分析能力絕不是那些名嘴可以比擬的。

「聽好了，影山。雖然我不知道電視上是怎麼講的，不過，這起事件並不是債務人挾怨報復。我猜想可能是跟家庭內的糾紛有關。真凶肯定是兒玉家的成員。因為被害人用血跡在地板上留下了犯人的名字——」

「這就是所謂的死前訊息吧。那麼，上面寫了些什麼呢？」

面對著對事件感到興趣的影山，麗子嘆著氣回答。

「要是看得出來，就不用那麼辛苦了……」

2

兒玉絹江是消費性貸款機構「兒玉融資」的強勢獨裁社長，這個機構以親切有禮的接待方式、令人感到放心安全的利率、以及冷酷無情的債務回收為武器，不斷擴展業績當中。而那位兒玉絹江社長，如今卻被人發現陳屍在自家書齋裡。

麗子第一次獲知這個消息，是在昨晚九點剛過不久的時候。當時麗子已經把叉子刺進香煎鵝肝煎得微焦的部分，沾上醬汁（印象中是普羅旺斯風），正準備要下刀切開的時候。拜突發事件之賜，麗子無福享受這頓優雅的晚餐，就這樣匆匆忙忙趕赴現場。

「啊啊，好想吃鵝肝啊……鵝肝應該也想被我吃掉吧……」

在影山駕駛著豪華禮車載著麗子火速趕往現場的這段期間，麗子一面吐露內心的遺憾，一面拿起便利商店買的御飯團果腹。麗子在距離目的地不遠的地方下了車，然後獨自步行趕到現場。麗子是寶生家的千金，她的真實身分就算在警署裡，也是只有極少部分高層才知道的最高機密。所以她不能像風祭警部那樣囂張，做出開著亮銀色 **Jaguar** 前往現場的行為。

兒玉絹江的宅邸位於國立市臨近多摩川的幽靜住宅區一角。那是一棟興建在寬敞的建地上，外觀仿磚造的三層樓建築。進入時髦的玄關後，首先映入眼簾的是傘架。不知道為什麼，有兩支球棒跟雨傘一起插在傘架上。一支是金屬製的，另一支則是木製的。這會是用來擊退小偷的武器嗎？

麗子一邊想著這種事情，一邊踏進了宅邸內。調查員已經把整個走廊都占據了。麗子立刻前往位於一樓盡頭的書齋。在書齋的入口處，早一步抵達現場的風祭警部身穿白色西裝，正臭屁地——不、是英姿煥發地指揮現場。

「哎呀，寶生，妳來得真快啊。」不過我來得更快呢，風祭警部彷彿帶著這樣的炫耀表情舉起一隻手招呼她。「事不宜遲，我們馬上來看看屍體吧。在這邊。」

警部帶著麗子進入書齋。那是間鋪了米黃色地毯，大小約三坪左右的書齋。在靠近房間中央處，一位女性彷彿擺出高舉雙手歡呼的姿勢趴在地上。女性身上穿著印花連身洋裝，以五十二歲的年齡來說，實在太過於花俏。體型神似汽油桶。要是沒有那一條圍在軀體上的白色皮帶，根本無法判別出哪邊才是腰部。燙得捲捲的頭髮被血漿浸濕，看來頭部受到了重擊。

「就如妳所看到的，被害人是後腦杓遭到毆打致死。這無疑是一起殺人事件。順帶一提，凶器好像是銅製的獎盃。」

「獎盃嗎？」就麗子所見，屍體身邊並沒有看似獎盃的東西。

「沾有血跡的獎盃，已經在二樓的房間裡找到了。那應該就是凶器沒錯。不過這件事放到以後再調查吧——寶生，看到這具屍體時，妳沒有察覺到什麼嗎？」

「這個嘛。」麗子用手指扶著裝飾用眼鏡的鏡框說。「被害人的右手……」

「妳看被害人的右手，寶生。只有右手的食指沾染著血跡。而且妳看手指附近的地毯。怎麼樣？是不是只有那裡沾染了一片不自然的血漬呢？妳明白這是什麼意思嗎？」

「……」不就是死前訊息嗎？警部。

「要是妳還不明白的話，我就告訴妳吧。這是死前訊息啊，寶生！」

「……」我就知道你會這麼說。「可是警部，正確說來，這是……」

「正確說來，這是死前訊息的遺跡、殘骸，也就是說，已經遭到破壞了。」

「……」我就說嘛——麗子已經什麼話也懶得講了。

「妳看，寶生。屍體旁邊還有一條染血的毛巾對吧？根據我的推測，被害人八成是在奄奄一息之際，竭盡最後的力氣，試圖留下死前訊息。可是不巧的是犯人注意到了這點。於是凶手拿起了放在這房間裡的毛巾，使勁摩擦地毯上的血字，把它弄成無法判讀的狀態。」

「原來如此。那還真是遺憾啊，警部。兒玉絹江到底是想留下誰的名字呢？」

「如果知道這點的話，我們就不用那麼辛苦啦。不過事到如今，埋怨也無濟於事了。」

聽著風祭警部的嘆息聲，麗子重新將視線轉向了地毯上。之前曾書寫著某人姓名的那個地方，如今只剩下一片無意義的紅色汙漬而已。

接著麗子和風祭警部一起前往宅邸的二樓。兩人的目的地是絹江的丈夫——兒玉宗助的寢室。據說那座疑似凶器的獎盃，就是在這間房間裡被發現的。一踏進房間裡，馬上就能看出明顯異常的景象。面對庭院的玻璃窗被砸得稀八爛。玻璃碎片凌亂地散落在靠室內這一側的窗邊。警部一邊遠眺窗外，一邊以驚訝的語氣說道：

「唔，這簡直就像是技術拙劣的三腳貓小偷，不顧一切硬要闖進來嘛。」

另一方面，獎盃則是橫躺在散落著玻璃碎片的地板上。雖然獎盃的高度只有三十公分左右，但外觀看起來很有重量感。獎盃前端裝飾著一個握著球棒的打擊者雕像。

「這似乎是棒球大賽的優勝獎盃呢。底座的部分沾了血。看來這的確是我們要找的凶器——可是，為什麼凶器會在這裡呢？」

有疑點的話，直接詢問關係人是最快的。這間寢室的主人馬上就被找來了。

兒玉宗助，今年五十歲。是絹江的第二任丈夫。他穿著深藍色的ＰＯＬＯ衫，配上棕色的長褲，這是很平凡普通的打扮，不過和死去的絹江那身花俏洋裝相比，他的服裝實在是太樸素、太死氣沉沉了。就年紀來說，絹江年紀較大，在公司裡也是由絹江來擔任社長，宗助則是擔任董事。所以可以確定這兩人的夫妻關係中，是由老婆來主導一切。

可以請您從頭開始說明嗎？在警部這番催促下，宗助開口了。

「那是晚上九點左右的事情。在客廳看完八點檔以後，我想要用電腦確認一下有沒有新的郵件，於是爬上樓梯，前往自己的寢室——」

當宗助走在二樓的走廊上時，一陣「咖鏘」的巨大聲響突然傳進他的耳裡。緊接著又傳來像是什麼重物「砰咚」一聲猛力撞擊地板的聲音。這兩個聲音似乎都是從宗助自己的房間裡傳來的。宗助慌慌張張地跑到自己房間，並且戰戰兢兢地打開房門。他看到了房間裡玻璃窗碎落一地、亂七八糟的畫面。是誰故意丟石頭惡作劇嗎？宗助一開始是這麼想的。不過仔細一看，地板上除了碎玻璃之外，還有一個銅製的獎盃。看來，可能是誰把這座獎盃扔進了宗助房間的窗戶裡。宗助馬上把頭探出窗外，窺探庭院的情況。然而昏暗的庭院裡已不見任何人的蹤影。到底是誰，又為什麼要做出這種事情呢？儘管覺得不可思議，宗助還是把臉湊近獎盃一看，結果發現了意外的事實。

「——這獎盃上怎麼會沾滿了血呢！我嚇得發不出聲音。就在這個時候，家裡的人也聽到了剛才的巨大聲響，於是全都聚集到這間寢室裡了——不，不是所有的人。只有一個人沒有出現。那就是絹江。只有內人沒有出現。可是，玻璃破裂的聲音明明傳遍了整棟房子啊！」

「唔，破碎的玻璃窗，沾了血的獎盃，以及不見人影的絹江夫人——那麼各位是怎麼處理呢？」

「當然是馬上搜尋她的下落啊。我們並沒有分頭尋找，而是所有人聚在一起共同行動。因為已經有了不祥的預感，大家都認為這樣做會比較安全。我們首先前往絹江的書齋。她多半是在書齋裡打發晚餐之後的時間。而實際上，她也的確在那裡——」

「只不過後腦杓遭到重擊，已經變成了一具冰冷的屍體了吧。」

「是的。她的確是沒氣了。不過正確來說，她還不是一具冰冷的屍體。因為屍體還殘留著些許溫度。」

「也就是說，她才剛死沒多久吧。嗯，這樣的話……」風祭警部轉身背對宗助，並對麗子輕聲說。「簡而言之，這個犯人在接近晚上九點的時候，用獎盃打死了絹江夫人，緊接著又從庭院裡把凶器扔進這個房間——是這樣沒錯吧？」

「看來的確是這樣。」可是，犯人有必要用這種方式丟棄凶器嗎？雖然麗子腦海裡浮現出這個很單純的疑問，不過她也沒有什麼其他想法足以反駁警部的假設。「總之，這樣就能縮小犯案時間的範圍了，警部。」

「是啊。」警部露出了含意深遠的笑容後，便再度轉身面向宗助。「順帶請教一下，這棟宅邸看起來十分氣派呢，想必保全方面也相當用心吧？」

「是啊，畢竟我們做的是容易惹來怨恨的生意。基本上，只要有外人試圖跨越圍牆或大門，保全系統就會響起警報。絹江就是這麼設定好的。嗯嗯，今天晚上警報並沒有響過。」

「那麼絹江夫人遭到殺害，就極可能是宅邸內部的人幹的好事囉。」

果然是這樣啊，宗助不安地低聲呢喃。風祭警部很滿意似地點了點頭。接著就大搖大擺走出房間，然後召喚那些正在走廊上待命的制服警察，同時臭屁地——不、是迅速又確實地下令。

「把宅邸裡的人全都集合到一樓的大廳。我要親自問話。」

3

兒玉家的大廳裡擺設著西洋式盔甲、象牙、以及鹿的標本等等裝飾品，充分的展現出豪宅主人的低劣品味。而全家聚集在此的人總共有七位。

首先是絹江的丈夫宗助。然後是三個小孩——不過他們各個都已經長大成人了。以長男和夫為首，底下還有明子、吾郎兩位弟弟妹妹。這三位兄弟姊妹，全是絹江與前夫所生的孩子，和宗助沒有血緣關係。聽說宗助和絹江之間並沒有生下孩子的樣子。

此外，由於適逢暑假的關係，絹江的堂哥兒玉謙二郎也帶著他的女兒來玩，順便住上幾天。謙二郎是「兒玉融資」關西分店的店長。女兒里美就讀國中一年級，是個嬌小可愛的女孩子。最後一人，則是住在宅邸別邸的年輕男子，名叫前田俊之。據說他是深得絹江信賴的祕書兼司機。

風祭警部藏身在大廳入口的大門陰影處，窺探著大廳情況。

「聽好了，寶生。最重要的就是晚上九點左右的不在場證明。這段時間沒有不在場證明的人，就是最可疑的嫌犯——雖然表面上看是這樣，但是實際上卻並非如此喔。」

「您說並非如此？」

「事實上正好相反。晚上九點左右擁有最合理的不在場證明的人，才是最可疑的傢伙。」

「……喔。」看來風祭警部的心思，比想像中還要來得更為縝密許多呢。「也就是說，警部認為犯人將凶器的獎盃扔進宗助房裡，是為了不在場證明所做的準備囉？」

「當然。不從這個角度去看的話，就無法解釋犯人的怪異行為了。」警部這麼斷言。

「好了，接著就來聽聽犯人捏造的不在場證明吧。」接著，他裝出一副什麼也不知道的模樣，從容不迫地走向大廳中央。一家人的視線瞬間集中在警部身上。

「呃——我想請問各位，晚上九點左右在哪裡？做些什麼呢？……」

警部笑容滿面地開始詢問。就像大多數的警部一樣，風祭警部似乎也把蒐集不在場證明當成了休閒興趣。

最先開口的是兒玉宗助。「我在那段時間的行動，已經跟刑警先生報告過了。可是我是自己一個人，所以算不上是不在場證明吧。和夫君呢？」

被繼父客氣地加了個「君」字稱謂的長男——兒玉和夫，是個穿著條紋襯衫，身材高䠷的男子。梳得整整齊齊的頭髮，看起來就像理髮店的樣本照片一樣。他年紀輕輕就已經在公司內肩負起重要的職位，絹江夫人對於家族的照顧和愛心由此可見一斑。和夫帶著緊張的神情開口回答。

「那個時間，我也是在自己的房間裡。我正在看書的時候，突然傳來了玻璃碎裂的聲音。因為我是自己一個人，所以也拿不出不在場證明。明子呢？」

「我也沒有喔。」一位長髮燙得像螺旋階梯一樣捲捲的，衣著打扮十分誇張的辣妹這麼回答。她那是長女明子。聽說平常她都是待在家料理家務，不過那做了藝術指甲的修長手指，大概也不可能會洗杯子吧。「玻璃破掉的時候，我在自己的房間裡用手機玩遊戲。吾郎在做什麼呢？反正你也沒有什麼不在場證明吧。」

被姊姊揶揄似地這麼一說，吾郎彷彿埋怨著「別鬧了」一般，悄悄瞪了明子一眼。吾郎是在東京唸大學的大三學生。一頭過長的頭髮染成了棕色，耳垂上還戴著耳環。雖然乍看之下給人一種吊兒郎噹的感覺，不過他的體格魁梧，露在T恤外頭的手臂也很粗壯。

「我也是一個人待在自己房間裡。那時候我在睡覺，所以沒辦法提出不在場證明。」

簡單的說，這三位兄弟姊妹都分別待在自己的房間裡。直到晚上九點聽到玻璃破裂的聲音之後，才各自趕到宗助的房間。這並不是什麼值得大驚小怪的狀況。

緊接著詢問的是兒玉謙二郎和里美父女兩人。絹江的堂哥謙二郎跟絹江很像，同樣也是個汽油桶體型的中年男子。穿在身上的白色襯衫紐扣好像隨時都會蹦開來似的。容易出汗的謙二郎一邊用手帕擦拭額頭上的汗水，一邊回答。

「當時我正在洗澡。就在洗完澡、準備穿衣服的時候，我聽到了玻璃破碎的聲音，於是連忙趕往二樓。因為浴室裡只有我一個人在，所以我也不能算是有不在場證明——里美那時候人在哪裡呢？」

「我一個人待在房間裡。所以沒有不在場證明。」

里美面無懼色，毫不猶豫地面對警部這麼回答。雖然她說話的語氣像個小大人，不過印有黑貓圖樣的T恤和格子裙的打扮，仍舊充滿了少女的氣息。儘管臉蛋長得很可愛，面對風祭警部時，表情中卻隱約透出警戒之色。這也不無道理。畢竟少女那特有的直覺，可以分辨出誰是可怕的大人。

最後剩下來的，就是身分獨樹一格的前田俊之。祕書兼任司機的他，穿著一身黑色西裝，一動也不動的站在一旁。那副模樣看起來像是個優秀的保鑣，或者說像是一隻忠實的看門狗。跟影山有點相像呢，麗子暗地裡這麼想。這位前田俊之似乎是個沉默寡言的男人。「我沒有不在場證明。當時我正一個人在車庫裡保養車子。」他只短短地回答了這麼一句話。規規矩矩的語氣，也跟影山一模一樣。

這樣一來，嫌犯們大致上都回答過了。到底他們的答案能不能讓風祭警部感到滿意呢？麗子好奇的窺探著警部的表情。警部也不顧旁人的眼光，獨自一人面對著牆壁，咯吱咯吱地摳著壁紙，並且嗚咽了起來。「為什麼？為什麼沒有人提出不在場證明？……你們是白痴嗎？好歹也看看現場的氣氛啊，隨便提出個不在場證明嘛……」

「您在幹什麼啊，警部！這裡是別人家耶！而且還是在嫌犯的面前！」麗子連忙勸阻警部胡說八道。「現在沮喪還太早了吧。既然所有的人都沒有不在場證明的話，那就表示所有人都很可疑——對吧？」

「話是這麼說沒錯啦，可是所有人都很可疑的話，調查根本就沒辦法進展下去啦。」

面對難得說喪氣話的風祭警部，明子大聲地抗議。

「請等一等，刑警先生。什麼叫做所有人都很可疑，您可不要說得那麼輕鬆。畢竟有一個人是百分之百有嫌疑的呢。我說得對不對啊？吾郎。」

「嗯嗯，聽妳這麼一說，的確有個傢伙曾經宣告說要宰了老媽呢。」

這是怎麼一回事？麗子與警部面面相覷。面對不知所以然的兩人，明子開始訴說起這天晚餐時，餐桌上爆發的小騷動。

事情的起因，是絹江對和夫抱怨公司的業績不振。絹江一邊用叉子刺穿滴著肉汁的炸豬排，一邊碎碎念說：「最近的催收是不是太過鬆懈了？」絹江在這個家握有絕大的掌控權，因此她所說的話不容反駁。可是，和夫卻端著裝了蛋花湯的碗回嘴說「現在的做法，已經幾乎接近違法了啊」。突然壞了心情的絹江，一邊大口嚼著醋漬沙丁魚薄片，一邊質問「你是在不高興什麼」。於是和夫咬著炸蝦，說出了禁忌的臺詞。「我無法再繼續做這種剝削他人的工作了。」理所當然怒上心頭的絹江，居然用自己的叉子刺向和夫嘴裡咬著的炸蝦，並且破口大罵：「你以為你是靠誰才有飯吃的？」之後絹江和和夫便一發不可收拾的拍桌互罵。盤子與叉子此起彼落，炸豬排與炸蝦在空中交會飛舞，這般超現實的餐桌風景就此上演。

「……最後媽媽說了一句『什麼剝削他人，下次你敢再說這種話，我就宰了你』。」

「嗯嗯，然後大哥也不甘示弱地回嘴說『我才要宰了妳呢』。真是嚇死人了。」

結果發生爭執的雙方互相撂下狠話，然後忿忿離開了餐桌。順帶一提，散落在餐桌周圍的炸豬排、炸蝦、以及醋漬沙丁魚薄片等等，好像是由留下的人津津有味地吃掉了（至於這一段是真是假就不得而知了）。

「原來是這麼一回事啊……」風祭警部低語過後，便立刻向和夫確認事情的真偽。「你真的說了這種話嗎？什麼『我要宰了妳』之類的。」

「是的，我確實說了這句話。不過我並不是認真的。那只是家人吵架罷了。因為老媽先出言恐嚇，我一時激動，才不小心說得太過火了。我不可能真的想要殺她啊。」

「這可難說喔。說不定你真的遵照自己所說的話，付諸實行了呢。畢竟絹江夫人一死，龐大的遺產也有一部分會落入你的荷包裡吧。」

「如果犯案的目的是為了遺產的話，那麼弟弟妹妹的條件不也一樣嗎？而且刑警先生，您也看到凶器的獎盃了吧。那是吾郎以前參加世界少棒聯盟贏得優勝時的獎盃。」

「少囉唆，大哥！那原本就是擺設在書齋裡的東西，犯人只是剛好拿來利用罷了。如果我是犯人的話，才不會故意拿自己的紀念品當凶器呢！」

「哎呀，為了讓人產生誤解才故意這麼做——這種事情也並非不可能吧。」

明子壞心眼的這麼一說，吾郎頓時將怒火的矛頭直接指向姊姊。

「開什麼玩笑！大姊才是為了陷害我而用了我的獎盃吧。」

「別開玩笑了。為什麼我非得做那種麻煩事啊？」

面對明子的問題，哥哥和夫有條不紊地回答。

「如果殺了老媽，再嫁禍給吾郎的話，明子分到的那一份就會變多了。」

「啊，對喔！」也不知道腦袋是不是真的很不靈光，明子一副現在才察覺到的樣子。

「可是不是我喔。我知道了，是宗助叔叔啦。畢竟遺產分到最多的是宗助叔叔嘛。」

「喂喂，明子。」宗助一臉驚慌地擺動雙手。「妳別亂說啦。我怎麼可能殺死自己的老婆絹江呢？我和她是因為彼此深愛對方才在一起的。我對她的財產一點興趣也沒——」

「騙人！」、「你才不愛老媽呢！」、「你只對財產有興趣吧！」

感情不睦的三位兄弟姊妹，只有在這個時候才會一個鼻孔出氣。可憐的繼父兒玉宗助強大的氣勢被吹到了牆邊。看來在兒玉家裡，這位父親的地位，就跟被扔掉的報紙一樣無足輕重。

「原來如此。我已經很清楚全盤狀況了。」雖然不太清楚他到底清楚什麼，總之，風祭警部點了點頭。「到底是誰有嫌疑呢？就算再怎麼爭吵，這件事也不會有結論的。那麼不妨反過來想好了。只有我絕對不是犯人——有誰敢這樣斷言嗎？」

一家人面面相覷。在這之中，一位男性果敢地舉起了手。那是祕書前田俊之。

「就算殺害社長，我也拿不到半毛錢。反而還會因此失去住所和工作。所以我不可能殺害社長。您可以相信我嗎？」

一群人之間產生了微妙的騷動。他們未必能接受前田的自清說詞，現場瀰漫著這樣的氣氛。畢竟前田是在兒玉絹江這個暴君底下做事的人。雖然表面上裝出一副心腹部下的樣子，但內心難保不會產生什麼樣的深仇大恨。

在一家人不安的觀望下，風祭警部經過一番深思熟慮之後，終於做出了決定。「駁回

——其他還有誰？」

前田失望地微微垂下肩膀。相反的，之前一直保持安靜的兒玉謙二郎搖晃著巨大的身軀開口了。

「我是絹江的堂哥，也是關西分店的分店長，所以，絹江的生死多少會影響我的地位。就這層含意來說，就算我會被當成嫌犯，也是無可奈何的事。可是里美呢？刑警先生，您總不會說是是我女兒殺了絹江吧？里美只是個國中生啊。她頂多只有暑假和新年的時候，才有機會見到絹江，所以絕不可能對絹江懷有殺意。所以我女兒跟這起事件無關。我說得沒錯吧？」

這次和前田的情況不同，一家人之間飄蕩著贊同的空氣。確實如此，殺害絹江夫人不可能是個國中女生做得出來的事情。彷彿受到這種氣氛鼓舞似的，吾郎開口道：

「的確，這起事件中，只有里美不可能有嫌疑。您說是吧？刑警先生。」

「為什麼各位會這麼想呢？就算是國中女生好了，只要獎盃一揮，還是可以殺死絹江夫人啊。畢竟凶器是銅製的，具有相當的重量。」

「我知道，那可是我贏來的獎盃呢。可是問題就出在那個重量。簡單來說，憑里美那軟弱無力的手臂，根本無法把銅製的獎盃扔進二樓的窗戶裡。」

「嗯，原來如此。」警部也有點動搖地點了點頭。「這麼說起來也對，人們常說女生丟球丟不遠，意思是大多數女性非常不擅長投擲物品這種動作。這位小姑娘也是這種人嗎？謙二郎先生。」

「是啊是啊。您說得沒錯。里美才十三歲，而且個頭又比同年齡的女孩子嬌小。運動方面也可以說是幾乎完全沒有經驗，平常就只知道看書。她就是這種女孩啊，刑警先生。」

「啊，既然這樣的話，那我也一樣沒辦法吧。畢竟我也是個女孩子，丟不動重的東西——」

「明子以前不是當過擲鉛球的選手嗎？現在想要丟東西，應該還是遊刃有餘才對。」

對於和夫多嘴的發言，明子「嘖」了一聲。兒玉明子比外表看起來更有力氣，麗子細心的將這點輸進腦海裡。議論告一段落之後，風祭警部彷彿想要展現威嚴似地面對這家人，做了個總結。

「看來除了里美小妹妹以外，其他六人都不能說是沒有動機、機會、以及能力。當然啦，調查才剛開始。我們也不能完全否定有外人犯案的可能性——哎呀，小姑娘，妳怎麼啦？」

就像是要打斷了風祭警部的話一般，里美突然用顫顫巍巍的腳步往前走了兩、三步。警部和其他關係人都愣愣地注視著少女的行動。少女露出僵硬的表情，嘴脣似乎還微微地顫動著，可是卻沒有把話說出口。

麗子注意到里美的臉色就像紙一樣蒼白——危險！

只是，當她想到的時候已經太遲了。

兒玉里美癱軟無力地當場倒在地上，就這樣失去了意識。

4

結果事件第一天的調查持續到黎明，麗子幾乎徹夜未眠。她只有在警車裡假寐片刻，隔天早上就直接回到現場。

事件第二天開始，增派了更多調查員，兒玉家裡裡外外，到處都是便衣刑警與制服員警。他們調查被害人的遺物、手機，以及電腦等物品，以收集相關情報。然後為了尋求犯人留下的痕跡，從天花板上方到庭院的各個角落全都翻遍了。接著又到現場週邊打聽消息等等，花了很多時間在縝密卻基礎的調查上。

這個時候，風祭警部站在庭院中央，注視著昨晚被打破的二樓玻璃窗。

「警部，就算基礎調查不符合您的個性，那也罷了，可是，站在這種地方發呆好嗎？事件從昨晚開始就沒有任何進展喔。」

「注意妳的發言，寶生。雖然『基礎調查不符合我的個性』的確是事實，但我可沒有『發呆』喔。」

「是、真是非常抱歉！」

「我是在思考啊。思考犯人故意把凶器扔到二樓、砸破玻璃窗的理由。因為這是很奇怪的狀況，不是嗎？一般來說，犯人都想延遲事件曝光的時間，所以會把凶器給藏起來。不過，這起事件的犯人卻採取了相反的行動。這裡頭應該隱藏著什麼特殊意義才對。」

關於這個特殊意義，昨晚警部曾暗示過，可能是為了製造不在場證明。不過由於一干嫌犯之中沒有人能提出不在場證明，因此警部的推理也就不了了之了。

警部不停地扭動脖子。然後他的視線從二樓往上停留在三樓其中一扇窗戶。透過蕾絲窗簾，隱約可以見到一位身穿粉紅色衣服的少女。

「話說回來，寶生，今天早上兒玉里美的情況怎麼樣？有問出什麼嗎？」

「不，很困難啊……」

麗子上午以探病為名目和她見過面，不過卻沒有任何稱得上是收穫的資訊。「為什麼妳會突然暈過去呢？」就算麗子這麼問她。她也只是搖著頭回答「不知道，我不記得了」。「妳在昏過去之前是不是想說些什麼？」麗子這樣問她。她就回了一句「沒有」便敷衍了事。「妳該不會是在隱瞞什麼吧？」麗子試著威脅她。「……」她就保持沉默。十三歲的少女真的是很難應付。

「不過身體應該是沒什麼大問題。看來昨晚的事件似乎引發了輕微貧血。事件的緊張感與警部散發出來的獨特壓迫感，對一個十三歲少女來說，或許很難承受也說不定。畢竟警部是那種連小孩子都討厭的人嘛。」

「原來如此，妳的分析相當正確。確實只有小孩子特別討厭我。」警部刻意曲解了麗子所說的話。「不過只有這樣嗎？」然後他用手扶著下巴，再度眺望建築物。「等等……那女孩的房間，是在宗助房間的正上方吧……」

「是這樣沒錯。怎麼了嗎？警部。」

「我突然想到了。寶生，妳有沒有扔過銅製的獎盃呢？哎哎，我懂我懂。當然是沒有嘛。雖然說我獲頒獎盃的次數何止幾十次，卻也一次都沒有扔過呢。」

「唔……」警部，在這個節骨眼上，你也不忘自吹自擂嗎？真是一刻也大意不得。「您到底想說什麼呢？」

「換句話說，這起事件的犯人，一定也沒有投擲獎盃的經驗。如此一來，犯人未必能把獎盃照自己的意思，精確的丟到目標地點去。反而很有可能會出乎意料的把獎盃給扔到了別的地方，不是嗎？」

「啊，原來如此。換句話說，犯人瞄準的並不是宗助房間的窗戶，而是正上方里美房間的窗戶。不過因為犯人力道控制失誤，導致獎盃飛進了二樓的窗戶裡。警部是這個意思吧？」

「嗯。獎盃比想像中要來得重，所以無法順利投擲出去。這麼想就說得通了。」

「可是警部，犯人把凶器扔向里美房間的理由又是什麼呢？」

「哎呀，妳別急嘛，寶生。我只不過是在陳述一項可能性而已。不過看那女孩昨晚僵硬的表情，還有莫名其妙突然不省人事……她果然還是知道什麼重大的祕密吧……」

難不成她會是犯人？還是說，她知道犯人是誰？在麗子正想這麼發問的那一瞬間，風祭警部「噓！」地吹了口氣，並豎起了一根食指。接著警部慎重地觀察四周，然後用充滿威嚴的聲音對著附近茂盛的灌木叢大喊：

「是誰在那裡？不要偷偷摸摸的，快點出來吧。」

短暫的寂靜過後，樹叢晃動起來，從裡頭現身的是絹江的祕書前田俊之。

「……我絕不是在偷聽兩位談話，只是剛好路過這裡而已。還請您原諒。」

「那好吧。」警部對低頭認錯的前田投以懷疑的眼光之後，便饒過了他。「話說回來，前田先生，我有事情想要請教你。」

「只要是我能答得出來的，無論什麼問題，都請您儘管發問。」

「你當上社長祕書已經幾年了？——喔，才一年啊。那還真短啊。不過即使如此，你應該還是比我們更熟悉公司的內部狀況才是。那麼我請問你，身為獨裁社長的絹江夫人過世之後，『兒玉融資』社長的位子會落入誰的手中？果然還是丈夫宗助先生嗎？」

「不，宗助先生不是當社長的料。就算暫時代理社長的位子好了，將來也會由其他人接任吧。」

「那麼，那三個兄弟姊妹——比方說長男和夫，有沒有可能就任社長一職呢？」

「就我所知，那是最有可能的事情。和夫先生是個認真的人，頭腦也很精明。而且又有人望。問題在於和夫先生太年輕了。再者，不知道是不是和夫先生與生俱來的死板性格作祟，導致他對公司的業務不夠了解。在和夫先生的眼裡，認真工作的社長似乎只是個死要錢的黑心商人。」

「所以才會在昨晚晚餐的餐桌上引起那場大騷動啊。不過，和夫真的對絹江夫人說了什麼『我要宰了妳』嗎？他看起來不像那種個性的人啊。」

「這個嘛，因為我並沒有和這家人一起用餐，所以——」

聽說祕書兼司機的前田是自己一個人在別邸吃晚餐。這麼說起來，影山是什麼時候，又是在哪裡用餐的呢？麗子想起這種無關的事情。

「那麼，未來有沒有可能往由次男吾郎繼承的方向發展呢？」警部進一步問道。

「這種可能性很低。的確，聽說以前社長對吾郎先生也寄予了相當大的期望。只可惜，現在的吾郎先生就像刑警先生您看到的那樣。」

「以前他不是這個樣子嗎？」

「是的，據說高中時代的吾郎先生是個成績優秀的模範生。不僅以王牌選手的身分活躍於棒球社，甚至還吸引了職業球探的注意。不過上了大學之後他就不行了。不知道是不是高中時代累積的疲勞使然，吾郎先生搞壞了肩膀，再也無法投球了。這對投手來說是致命的打擊。吾郎先生從此退出了棒球社，功課也因此一落千丈，生活變得越來越荒唐——」

「原來如此。一個有望成為候補職業選手的人，如今徹底變成了候補的敗家子啊。」

聽到風祭警部這段早有預謀的冷笑話，前田露出了為難的表情。「正是如此。」他低下頭這麼說。「最近吾郎先生每天總愛跟女大學生混在一起打網球、打高爾夫、要不然就是去衝浪，再也不碰棒球了。看到吾郎先生這個樣子，社長也經常搖頭嘆氣呢。」

「原來如此，我能體會這種心情。其實我高中時也是想要打進全國比賽的知名棒球選手。印象中，那是以夏季甲子園為目標的西東京大會第三場比賽。我身為王牌投手，站在府中市市民球場的投手丘上，和名校早稻田實業對戰……」

之後整整七分鐘的時間，遙想當年的風祭一直滔滔不絕地講述自己和敵隊打擊者的白熱化攻防戰，不過因為這個故事麗子已經聽警部講了超過五次以上，所以她就這樣站著睡著了。等到她突然回過神來時，警部已經吹噓完畢，準備進入下一個話題了。

「順便請教一下，三位兄弟姊妹中，最小的那位又怎麼樣呢？」

「您是說明子小姐嗎？老實說，明子小姐接任社長的可能性是零。小姐感興趣的大概只有最新的流行資訊、演藝界的新聞、還有聯誼的邀約吧。」

對社長千金十分尖酸刻薄，這點也十分酷似影山。不過，等等——麗子突然想到某種可能性，於是使勁的用指尖推著裝飾用眼鏡說道。

「前田先生，社長的位子有沒有可能輪到你坐呢？」

「您說我嗎？怎麼可能。我只不過是一介社長祕書罷了。」

「不過，要是明子跟哪個優秀的男性結婚了，那位男性也不無可能以社長女婿的身分，成為新任社長吧？如果這位優秀的男性就是前田先生您的話呢？」

「我跟明子小姐嗎？」前田縮了縮脖子，彷彿訴說著這絕不可能似的。接著，他小心確認過周圍沒有其他人之後，便在兩人面前壓低聲音這麼說道。「這話我只對刑警先生你們說，其實什麼有錢人家的大少爺和千金，大多都是不務正業的人，根本不能當成認真交往的對象──」

「才沒有這回事吧！那是偏見！」風祭汽車的大少爺這麼喊道。

「才沒有這回事呢！那是偏見！」寶生集團的千金小姐也這麼喊道。

「這、怎麼了？為什麼兩位刑警要生氣呢？」前田瞪大了眼睛。

「沒有啦……我也不知道為什麼。」、「是啊……我也不知道為什麼。」

兩位刑警在曖昧不清的辯解中，結束了對前田俊之的詢問。

5

「──這算是『偏見』嗎？大小姐。」彷彿發自內心不懂問題出在哪裡似的，駕駛座上的影山歪著頭詢問。「我認為前田先生的意見十分正確——」

「你要是再繼續說下去的話，就給我在多摩川的河堤邊下車，自己一個人走回去。」

「真是非常抱歉，前田先生的發言本身就是偏見。那完全是歧視。」

影山連忙轉變態度。他所駕駛的轎車正在多摩川沿岸的公路上，往川崎方向行駛當中。麗子的話才說到一半。「那麼大小姐，請您繼續說下去吧。」

真是的，這個管家平常一副很順從的樣子，有時候卻又老愛像這樣子唱反調——麗子輕輕地嘆了口氣。「對了，剛才說到哪兒了？」

「什麼少爺千金都是不務正業的廢物，根本不能當成認真交往——」

「那句不用重複了！還有，前田根本沒有提到『廢物』這兩個字！」

被人從後座這麼大喝一聲，影山口中不禁低聲吐出了「糟了！」這樣的真心話。麗子決定裝作沒聽見，就這樣繼續說下去。畢竟，事件在今天下午有了饒富趣味的發展。

「長男和夫來到風祭警部身邊，並且這麼說：『雖然昨晚瞞著沒說，不過其實我晚上九點的時候有不在場證明。』你沒看到當時警部開心的表情……」

就像喜歡賭馬的賭徒在連輸三十次之後中了頭彩一樣。畢竟警部認為在這起事件中有不在場證明的人才是最有嫌疑的。如此一來，他就不至於顏面掃地了。

不過，和夫提出的不在場證明是這樣子的。昨天晚上九點，宗助房間的玻璃窗破掉時，和夫正和女性通話當中。和夫把他和絹江夫人大吵一架這件事情，向那位女性友人抱怨了三十分鐘以上。這時，玻璃碎裂的聲音傳來。和夫結束了和女性的通話，並趕往二樓。也就是說，這位女性就是不在場證明的證人。這位女性是和夫祕密交往的女友，而且還是個有夫之婦。所以和夫才不想公開這段關係。

「當然，我和警部立刻去見了那位電話中的女性，以查明真偽。那位女性證實了和夫的證詞。我覺得她看起來不像是在說謊。不過風祭警部好像懷疑這對不倫之戀的情侶是串供捏造了不在場證明的樣子——這點影山怎麼想呢？」

「既然大小姐認為那位女性的證詞可信，那麼我也只能尊重大小姐的判斷。和夫的不在場證明大概是真的吧。」

「等、等一下，你這麼信任我反而不好吧。畢竟他們偽造不在場證明的可能性並不是完全沒有。事實上，犯人在昨天晚上九點是故意打破玻璃，做出了像是故意要通知大家宅邸裡發生了事件的行為。這很像是在為不在場證明預做準備的味道吧。影山不也是這麼想的嗎？」

駕駛座上的影山注視著夜晚昏暗的道路，就這樣突然用鼻子悶哼了兩聲。

「嗯？」麗子從後座向前探出身子。「——你哼什麼哼啊？」

於是影山那端正的側臉浮現微笑，並且用奇妙的語氣這麼說道。

「真是對不起，大小姐。我笑得肚子好痛。」

麗子明白。當影山會對麗子說出拘謹卻又無禮的狂妄之詞時，就是他腦海裡的推理轉變成確信的時刻。在最近和他相處的日常生活中，麗子曾無數次遭受到這種言詞上的侮辱，所以她很明白這點。雖然明白歸明白……

「這、這、這有什麼好笑的！理由呢，把理由說來聽聽啊！」

雖然明白，但還是會生氣，麗子的聲音因屈辱而顫抖。管家冷靜地開口了。

「大小姐和風祭警部都太拘泥於不在場證明了。那樣真的很好笑。老實說，我認為兩位有點搞錯方向了——」

「有哪裡搞錯方向了！你、你給我說清楚！」

悉聽尊便——用恭敬的語氣這麼回答後，影山便冷靜地開始說明。

「昨天晚上九點的時候，為什麼犯人要炫耀般地將凶器的獎盃扔到二樓，破壞二樓的玻璃窗呢？這是本次事件最大的重點。風祭警部也很清楚這點的樣子。不過，警部卻誤解了它的意義。根據警部的解釋，犯人的行動是為了『打破玻璃製造巨大的聲響』，以便『讓屋裡的人們產生晚上九點是犯案時間的印象』。是這樣沒錯吧？大小姐。」

「是啊。簡單的說，警部懷疑那可能是犯人用來製造不在場證明的手段。」

「可是，如果這像警部所想的一樣，是製造不在場證明的一環，那麼犯人的行動就大有疑問了。為什麼犯人要特地把獎盃扔到二樓呢？為什麼一樓就不行呢——」

「啊！」麗子恍然大悟。「聽你這麼提醒，的確是這樣沒錯。如果想要發出巨大聲響的話，只要打破一樓的窗戶就好了。那樣做肯定要簡單多了。然而，犯人卻刻意打破了二樓的窗戶。這到底是什麼用意呢？難道犯人的目的不是製造聲響嗎——？」

「正是如此。犯人真正的目的並不是『巨大聲響』。那麼，『把凶器扔到二樓窗戶』這件行為，還有什麼其他意義嗎？」

「我倒是看不出有什麼意義。」

「您想錯方向了，大小姐。警方現在應該是這樣看待這起事件的——犯人用獎盃打死了絹江夫人，緊接著跑到庭院裡，把凶器扔向二樓的窗戶，隨後又以關係人之一的身分出現，裝出一副毫不知情的樣子——這種印象正是凶器被扔到二樓造成的，不是嗎？」

「話是這麼說沒錯啦，不過那又怎麼了？」

「從這件事情聯想到關於犯人的側寫。簡單的說，犯人是一位能夠將重量如同銅製獎盃的物體，扔擲到高度接近二樓窗戶的人物。我有說錯嗎？」

「雖然還稱不上是犯人側寫的程度啦，不過一般人當然會這麼認為囉。」

「反過來說，沒有投擲能力的人，就不會成為被懷疑的對象。我有說錯嗎？」

「是沒錯啦——等等，影山，你到底想說什麼？」

面對忍不住從後座往前探出身子的麗子，影山以沉穩的聲音繼續說明。

「沒有投擲能力的人就不是犯人。犯人是一位能夠用力扔擲物品的人物。犯人正是為了把這種形象灌輸給警方，才會像在炫耀般打破二樓的窗戶。不是嗎？這就是我的推理。反過來說，在我看來，不符合這種形象的人物，也就是『無法投擲的人』，才是出乎意料的真凶──」

「等、等一下。你該不會是在說里美吧?的確，她沒有把凶器扔到二樓窗戶的能力。因為這個緣故，昨天就已經先排除她的嫌疑了。不過你這是在開玩笑吧?那女孩居然打死了絹江夫人，這怎麼可能嘛。」

「是的。您說得沒錯，這的確不可能。」影山乾脆地斷言。「這是因為從體力、意志力、以及動機等各個方面看來，里美小姐在這起事件中，處於嫌疑最薄弱的地位。假使她真的是殺害絹江的真凶，那就沒有必要耍小花招去打破二樓的玻璃窗了。畢竟打從一開始，就不會有人懷疑到她身上。」

聽了影山有條不紊的說明，麗子鬆了口氣。

「什麼嘛，原來不是她啊。那麼到底是怎麼一回事呢?除了里美以外，不就沒有『無法投擲的人』嗎?其他嫌犯大多都是成年男性，而且以女性來說，明子也算是腕力相當大的──」

「不，嫌犯之中還有另一個『無法投擲的人』。」

「在哪裡?除了里美以外還有『無法投擲的人』在哪裡?」

於是駕駛座上的影山以低沉的聲音說出了意外的名字。「是兒玉吾郎。」

「吾郎?」那個染了一頭褐髮又戴了耳環的敗家子。「為什麼吾郎是『無法投擲的人』

呢？」

「您忘了嗎？大小姐。前田俊之的證詞中有這樣一段話。吾郎過去是連職業球探都高度關注的高中王牌棒球選手，不過卻弄壞了肩膀，再也無法投球了——」

「啊？」麗子忍不住懷疑起自己的耳朵。沒想到這位頭腦清晰、思慮無懈可擊到讓人火大的影山，居然也會說出這種大外行的話。「影山，你說這話是認真的嗎？」

「當然。我的表情看起來像是在開玩笑嗎？」

雖然從後座看不清楚駕駛座上影山的臉，但他的語氣再認真不過了。

「欸，影山。很久以前我曾經問過你『為什麼要當管家』，那時候你是這麼回答的吧：『其實我原本是想當職業棒球選手或是職業偵探的。』那些話是騙人的嗎？我還以為你很懂棒球呢。」

「那不是騙人的，大小姐。撇開管家的工作不談，我對推理和棒球的確相當有自信。」

「嗯……」如果可以的話，真希望你也能對管家這個本行抱持自信，不過先不提這個了。「那麼，影山你應該也很清楚吧。吾郎或許真的弄壞了肩膀。但那並不表示他再也不能投擲物品呀。實際上，在放棄了棒球之後，他還是能夠正常地打網球和高爾夫球呢。扔獎盃這種事情，一定易如反掌才對。」

「您說得沒錯，大小姐。也就是說，曾是高中王牌棒球選手的吾郎『弄壞了肩膀，再也不能投了』，這句話真正的意義是『要擔任投手，投出球速一百四十公里左右的快速球，或是大幅偏轉的變化球，而且還要在一場比賽之中投出超過一百球以上，憑那樣的肩膀是辦不到的』。所以說現在的吾郎，是處於不能投卻又能投，能投卻又不能投的狀態。」

「……能投……卻又不能投……？」

當麗子為奇怪的措辭感到困惑時，駕駛座上又傳來了聲音。

「可是大小姐，這裡有個很大的問題。一個不熟悉運動項目的十三歲少女，真能正確的理解這句話在語意上的微妙差異嗎？」

轎車在夜晚的黑暗中靜靜地前進。麗子豎耳傾聽駕駛座上影山所說的話。

「棒球是很難懂的運動。在這世界上所有的運動中，沒有哪一種是像棒球那麼複雜奇特的了。雖然大小姐對棒球很了解，但是就女性來說，還是有很多人完全不瞭解棒球是什麼，這也不足為奇。里美小姐恐怕也是這種類型的人吧。如果有人告訴她：『吾郎以前是個投手，卻因為弄壞了肩膀而再也不能投了。』對不瞭解棒球的她而言，她未必能夠正確理解這句話的含意。就算叫她直接解讀字面上的意義，那也有些強人所難。」

「字面上的意義——也就是吾郎『弄壞了肩膀』，所以『再也不能投擲』物品吧。至少在里美的認知中是這個意思。」

「正是如此。我們假設這位里美小姐，偶然間成了絹江夫人遇害事件的第一發現者。

里美小姐知道殺害絹江的犯人是吾郎。」
「為什麼？為什麼里美會知道這件事呢？她看到犯人了嗎？」
「不，就算沒看到也會知道。這是因為屍體旁邊寫了『吾郎』兩個血字。」
「啊，對了！死前訊息！」麗子和風祭警部都無法判讀的血字，只有里美一個人看到了。「所以這是怎麼一回事？難不成看過死前訊息又加以湮滅的人是里美嗎？」
「是的。里美小姐大概對遠房親戚的吾郎暗自抱有好感吧。畢竟天性真誠的少女，往往容易受到愛使壞的男性所吸引。這不是什麼不可思議的事情。這樣的里美小姐，知道犯案的人是吾郎，便勇敢的下定決心，要包庇吾郎的罪行。首先，她將眼前『吾郎』兩個血字用毛巾擦拭到無法判讀的狀態。不過她認為這樣還不夠，於是又帶著扔在屍體旁的凶器獎盃離開現場。然後將獎盃扔進二樓的窗戶裡。」
「只要這麼做，『無法投擲』的吾郎就能擺脫嫌疑。里美是這麼想的吧。」
雖然這是立基於錯誤認知所建立的錯誤理論，但是對她來說，卻是合情合理的行動。
「不過等一等。里美是怎麼樣把獎盃扔進二樓窗戶的？她是那個真正無法將獎盃扔到二樓的孱弱少女喔。」
「大小姐，請您仔細想想。所謂凶器從庭院被扔進二樓的窗戶裡，這只是大家想像出來的產物。那只不過是從破碎的玻璃、掉在地上的凶器、以及一樓發生的殺人事件聯想而來的畫面。誰也沒有親眼目擊到當下的場景。」

「所以事實並不是這樣囉？」

「是的。實際上，凶器恐怕是從三樓的窗戶高度，往二樓的窗戶扔進去的吧。考慮到里美小姐的房間就在宗助房間的正上方，這點是錯不了的。可行的做法有很多種。比方說在獎盃上的環狀部分——打者雕像的胯下部分應該是最理想的——在那裡穿上一條細長的繩子，就這樣把獎盃從三樓的窗戶垂吊下去。然後仿照鐘擺的要領，把獎盃甩向二樓的窗戶。玻璃窗破了，獎盃飛進了宗助房間裡。之後再拉扯細繩的一端，收回細繩就行了。這種做法連小孩子也想得到，而且不需要多大的臂力。當然也可能有更好的做法也說不定，不過無論如何，手段如何都不是問題。重要的是讓大家都產生犯人從庭院將凶器扔到二樓的印象。里美小姐實行了她的計畫，而且也確實成功了。可是一旦調查開始——」

「吾郎卻沒有擺脫嫌疑。這是理所當然的嘛。畢竟吾郎是『能夠投擲』凶器的人啊。」

「是的。結果里美小姐的所作所為，只有讓手無縛雞之力的她被排除在懷疑的對象之外而已。她試圖拯救吾郎而付出的努力徹底化為泡影。可是，她完全無法理解週遭大人們的反應。里美小姐在大廳接受詢問時，應該是這麼想的。為什麼吾郎以『無法投擲』為理由，主張她是無辜的，卻不用同樣的理由主張自己也是無辜的呢？為什麼其他人都不提到吾郎『弄壞了肩膀』這件事呢？既然誰都不說的話，那就我自己來說好了。可是這樣做，會不會讓其他人感到很不自然呢？她內心應該十分掙扎才對。就在這個時候，風祭

警部結束了詢問。終於按耐不住性子的里美小姐，決定為吾郎平反而站起身子，並且試圖說些什麼──

「可是由於極度的緊張與混亂，她最後什麼都沒說，就這樣昏了過去──你的意思是是這樣，沒錯吧？」

「是的。恐怕情況就是這個樣子。」

聽了駕駛座上影山的分析後，麗子低聲確認起來。凶器被扔進二樓窗戶這個令人費解的行動，光是思考箇中含意，影山就看穿了少女那誤解事實的意圖，甚至連抹消的死前訊息的事都被解讀出來了。當然，目前沒有確切的證據可以證明影山的推理是正確的。不過，他的解釋能夠讓大部分的謎團都變得合理化，這也是事實。

「所以犯人是兒玉吾郎。而里美則是事後共犯。」

「暫且這麼說是沒錯的。」影山用模稜兩可的表達方式繼續說道。「不過大小姐應該也明白，在這個世界上，靈異照片和死前訊息這類東西是很靠不住的。那種東西，別人想要怎麼捏造都行。」

「你說什麼！」麗子因為過度驚訝而忍不住大叫起來。「靈異照片是捏造的嗎？」

「大小姐──」影山停頓一下，乾咳了一聲。「您驚訝的重點搞錯地方了吧？」

「我、我知道啦，只是不小心搞錯而已。」麗子慌慌張張地回到正題上。「你說死前訊息是捏造的。換句話說，吾郎未必是犯人。意思是還有其他犯人嗎？是誰啊？」

「這個嘛，我已經想到那個人的名字了——總之，事情的後續，等到了宅邸再談吧。」

這麼說完之後，影山便暫時中斷了對話。透過他前方的擋風玻璃，可以看到熟悉的宅邸大門。剛才一直沿著多摩川往下游行駛的轎車，似乎在不知不覺中轉換方向，回到了國立市的樣子。

6

寶生麗子回到宅邸之後過了幾個小時——

鴉雀無聲的黑暗之中，宣告此刻是深夜的掛鐘，在遠處的房間裡響起鐘聲。麗子躺在床上，聆聽著那令人感到時空錯亂的陰沉音色。她的腦海裡不斷重複著剛才影山告訴她的推理。死前訊息指出犯人的名字是兒玉吾郎。可是在影山心裡，似乎浮現出另一個犯人的名字。不過最後影山還是沒有說出那個名字。只要沒有絕對的確信，就絕不能指名道姓的說出誰是犯人，影山似乎懷抱著這般堅定的信念。以一個業餘偵探來說，這樣的倫理觀念著實令人敬佩，不過你在以前的事件裡，還故弄玄虛、賣弄理論，斬釘截鐵地說什麼「他就是犯人」呢。那又算是什麼啊？哼，不過就是愛裝腔作勢嘛……呵啊啊，好睏啊……對呀，昨晚幾乎整夜沒睡……現在這麼睏也是沒辦法的嘛……

不久，麗子敗給了睡魔，開始迷迷糊糊地打起盹來。就在這一瞬間——鏗鏘！響起了一陣金屬互相重擊的撞擊聲。從沉眠的深淵被拉回來的麗子，在意識朦朧的狀態下，微微瞇著眼睛一看，她的面前不知什麼時候出現了一根金屬球棒。而握著球棒的人正是影山。

「大小姐！現在不是打瞌睡的時候了！如今正是事件的高潮啊！」

「咦、嗄？」聽影山這麼一說而睜開雙眼的麗子，被眼前的光景嚇得戰慄不已。「——什麼？」

在窗外透進來的月光中，影山前方浮現出一個蒙著臉的黑色人影。那個人影朝著睡著的麗子，揮下了像劍一般的東西，而影山則是用金屬球棒勉強擋下了那把劍。對手的刀刃與管家的球棒劇烈摩擦，黑暗中響起了吱吱軋軋的刮擦聲響。

「哇、哇啊！」麗子驚慌失措地滾下床，在地上連滾帶爬，然後一邊利用影山的背部當掩護，一邊站起身。接下來，呃……該說什麼來著？遇到這種狀況的時候，一定要說的帥氣臺詞啊——不，都已經到了人命關天的地步，不管說什麼都好啦。麗子大叫道。

「上勾了吧！我已經看穿你的惡行啦！乖乖束手就縛吧！」

這不是古裝劇裡捕快的臺詞嗎？當麗子內心感到彆扭時，前方響起了男人雄厚的喊叫聲。

「可惡！這是怎麼一回事啊！」

「你問這是怎麼一回事啊——」

簡單的說，雖然同樣是豪宅，但這裡並不是寶生家的宅邸，而是兒玉家的宅邸。而且，還是三樓里美的房間。那麼，為什麼麗子會睡在里美床上呢？理由就在影山的推理之中。他的推理是這樣的……

——真凶絕不可能會感謝那個在自己不知情的時候悄悄消除死前訊息，並且挪動凶器的事後共犯。反而會感到擔心害怕對方的存在。如果犯人有足夠的觀察力，那麼，他極有可能從昨晚里美接受詢問時的模樣，推測出她就是事後共犯。如此一來，今晚里美恐怕就有危險了。雖然這是危機，但同時也是讓犯人現形的絕佳機會——

於是麗子讓里美躲到其他房間，自己則代替她躺在床上，結果因為睡眠不足而打起盹來。話雖如此——「我沒有必要跟你解釋！」

麗子省略掉繁複的說明，並且對管家下令。「影山，幹掉這傢伙！」

「遵命。」影山這麼回答後，便緩緩地將右手伸進黑色西裝的胸口部分。

「等等，影山，你該不會！」你該不會是想拿出手槍吧？可是，如果在這裡亮出槍械的話，影山就會和犯人一起被警方逮捕了。雖說麗子是刑警，也不可能搓掉非法持有槍械的罪行。「啊，不過你放心吧，影山！只要拜託父親的話，事情就可以壓下來了！」

「您在說什麼啊？」影山帶著若無其事的表情，取出一根棒狀的物體，然後用力地甩了一下。原本約二十公分長的棒子一瞬間伸長了三倍。那是伸縮警棍。「——這給您防身用。」

「謝謝。」接下影山遞過來的警棍後，麗子皺起眉頭說。「為什麼你會有這種東西？」

「因為我是管家。」影山依然一臉若無其事的說。雖然這是牛頭不對馬嘴的回答，但是這時也管不著了——

麗子右手拿著伸縮警棍，影山雙手握著金屬球棒，在黑暗中與蒙著臉的真凶對峙。仔細一看，犯人手持的劍柄似曾相識。那是大廳的西洋式盔甲腰上配掛的軍刀。麗子對影山悄聲說：

「現在的情況是二對一。而且那傢伙拿的是鑄模刀。我們占了絕對的優勢呢。」

「如果是這樣就好了……」

就在這一瞬間，蒙著臉的男人像是跳著舞似地飛撲過來。一陣金屬聲再度響起，影山的球棒和男人的劍在黑暗中交會，迸發出星點火花。影山使出渾身之力猛揮球棒，對方便招架不住而拉開了距離。影山一邊用指尖觸摸金屬球棒前端，一邊緩緩地搖了搖頭。

「很遺憾，大小姐，這把劍不是鑄模刀。刀刃確實開鋒過了。」

「嘖——絹江夫人還真是的，在家裡擺了這麼危險的東西啊！」

雖然人數上占有優勢，但我方拿的可是金屬球棒和警棍。面對揮舞真刀的對手，那就很不利了。就在麗子發著牢騷的時候，男人以她為目標襲擊過來。不知道那男人是不是練過劍法，一副好像很習慣耍弄軍刀的樣子。麗子畢竟是個警察，所以當然很熟悉警棍的用法，不過，她光是要閃過對手的攻擊就已經費盡所有的心力了。麗子一邊用警棍擋下敵人激烈的打擊，一邊用眼角搜尋影山的蹤跡。然而在她特別需要幫忙的這個節骨眼上，房間裡卻到處都找不到影山。「──影山！」

「……」沒有人回答。

原來他逃走啦，這個不忠不義的傢伙。哼，算了。反正他不過是個管家，終究只適合乖乖的泡紅茶，不適合在犯罪現場逮捕犯人。逮捕殺人犯是國立署搜查一課盛開的一朵黑薔薇，寶生麗子的職責啊！

在心底這麼宣誓過後，麗子握緊了伸縮警棍。蒙著臉的男子突然襲擊過來。

就在這一瞬間，一道人影從床鋪的陰影處跳了出來，撥開了對方的劍，擋在兩人之間。那是影山。敵人警戒似地撤退到牆邊。麗子躲在影山的背後說：

「你跑到哪裡去了啦～～影山～～我還以為你不見了～」

麗子幾乎快要哭出來了。她是真的很害怕。

「讓您久等了，真是抱歉，大小姐。這邊請交給我吧。」

「什麼叫做請交給我啊，這個笨蛋管家！我們不一起動手的話，可是會被對方幹掉的喔！」

「不，先由我來吧。」影山以不容分說的口氣這麼說完後，便平舉著球棒挑釁對手。

「像個男人一對一的決一勝負如何？前田俊之先生。」

咦，前田俊之？大為震驚的麗子越過影山的背部望向蒙面男子。

被點名的男子瞬間露出有點猶疑的樣子。不過他並沒有脫掉面罩，就這樣將手裡的劍筆直地指向影山。

在昏暗的房間裡，兩個身穿黑衣的男人互相對峙。一人拿著軍刀，一人拿著球棒。除去手中的武器的話，兩人散發出來的氣息都十分相似。在令人煩躁的緊張感之中，手持軍刀的男子彷彿再也按耐不住似地行動了。

「咿呀呀呀呀呀呀呀——」男子一邊發出怪鳥般的叫聲，一邊朝影山砍劈過來。

影山雖然沒有發出怪叫聲，但卻高舉球棒迅速做出反應。劍與球棒在房間中央交錯成十字形。激烈的撞擊聲瞬間響徹了整個房間。那不是「鏗鏘！」那麼響亮的金屬聲，而是「叩！」這般鈍重的聲響。在劍與球棒交會的狀態下，兩人的動作於黑暗之中剎然而止。

這是場實力不分軒輊的一場戰鬥，在麗子的眼裡看來是這個樣子。不過在那之後，手持軍刀的男子顯然流露出急躁的神色。男子做出兩、三次晃動身體的動作。這時，麗子看清楚了。影山那被月光照亮的側臉上，浮現出確信已經得到勝利般的微笑。在下一個瞬間——

蒙面男子突然鬆開軍刀的握柄，然後像是放棄對決似地落荒而逃。

「……？」麗子不明白其中的意義。

「大小姐！快逮捕犯人！」

聽了影山的聲音，麗子回過神來。她從背後衝向試圖逃往門口的男子，並用伸縮警棍往後腦杓使勁一揮！往前撲倒的男子前額重重地撞上了門扉！頭部前後都受創之後，男子彷彿死了這條心一般，無力地癱倒在地上。

「沒想到居然這麼簡單就結束了……」麗子俯視著喪失鬥志的蒙面男子。「影山，把燈打開！」

昏暗的房間裡立刻亮起燈來。在那一瞬間，麗子的視線不是落在犯人身上，反而是影山手裡的球棒。那並不是金屬球棒。

「這是怎麼一回事？剛才應該是用金屬球棒啊……什麼時候換成了木製球棒啊？」

「趁著大小姐大展身手的時候，我把金屬球棒和備用球棒交換過來了。我認為木製球棒會比較有效。」

影山握著木製球棒的握把，將球棒前端提到麗子眼前。銀色的軍刀刀刃成十字型地嵌合在球棒上。軍刀和木製球棒激烈交會的瞬間，由於刀鋒太銳利了，刀刃就這樣深深地陷入了球棒的前端。結果不管怎麼推怎麼拉都再也抽不出來了。犯人突然丟下長劍逃走，就是因為這個緣故。理解整個情況後，麗子不禁為影山的機智感到驚訝不已。

「真是不敢相信。明知道對方拿著真劍，卻還刻意換成了木製球棒。一般來說應該是反過來吧。」

「我只是賭上一把而已，幸好進行得很順利。先不說這個了，大小姐。」

影山將視線投向倒在地上的犯人。麗子輕輕地點點頭後，便在犯人的身旁蹲了下來。

「就讓我看看你的臉吧。」
麗子伸手一口氣揭開了面罩。底下出現的是絹江夫人寄予絕大信任的祕書的臉。
「前田俊之——果然是你啊。不過這到底是為什麼呢？」
「我、我要為女朋友報仇……」前田一邊喘氣，一邊拚命地控訴著。「我的女朋友被那女人害得自殺了……為了報仇，我成為那女人的祕書……我女朋友死的時候，沒錯，那是三年前的事了，我永遠都忘不了那個夏天……當時我和她正同居在一起……」
「啊，等等。」麗子往前推出手掌，打斷了前田所說的話。「你會說很久嗎？那麼明天在偵訊室裡再好好地聽你說吧。畢竟今天已經很晚了。」
老實說，麗子已經沒有力氣洗耳恭聽殺人犯的復仇故事了。
就在這個時候，房間的門喀嚓一聲地打開了。兩位年輕的制服警察戰戰兢兢地探出頭來。「啊，寶生刑警……」、「發生什麼事了嗎……？」
兩人似乎是聽到騷動聲才趕過來的，不過他們出現的也太晚了。麗子無奈似地雙手叉腰，輕輕地嘆了口氣。但是出現的晚、也還算出現的巧。麗子彷彿要展現一下威嚴般挺起胸膛，指示兩位員警進行事件的善後工作。
「立刻把這個男人帶回國立署。先用妨礙公務的現行犯罪名羈押。此外，這個男人應該就是殺害兒玉絹江的真凶。那麼，接下來就拜託你們了……啊，等一下，不對不對……不是這個男的……犯人在這邊……那邊那個人不是犯人，這……該怎麼說呢，他是我的夥伴……所以不要逮捕他喔。」

7

「真是非常感謝您，大小姐。我差點就被警察帶走了呢。」

場景再度拉回轎車車內，駕駛座上的影山近乎挖苦地反覆道謝。顯然，他似乎因為自己對逮捕犯人做出極大貢獻，卻又差點被銬上手銬這件事頗有怨言呢。唉，這也不能怪他啦。

「都是因為你平常就怪裡怪氣的，才會被人誤認成罪犯。而且還帶著奇怪的武器——不過這回倒是真的派上用場就是了。」

麗子用雙手把玩借來的伸縮警棍。「話說回來，我有個問題想問你。」

「您要問為什麼犯人是前田俊之嗎？」

「應該說，為什麼你會這麼想？這點我怎麼樣都無法理解。」

被麗子這麼一問，影山開始進行最後的解謎。

「其實我也不確定前田就是犯人。畢竟現場遺留的死前訊息，很有可能真的是絹江夫人留下來的——也就是說，兒玉吾郎很有可能是真凶。不過另一方面，如果死前訊息是被捏造出來的，那麼捏造死前訊息的犯人會是誰呢？想到這裡的時候，我突然感覺到一陣怪異又不合理的感覺。」

「不合理？」

「是的。就像之前已經推理過的一樣，現場遺留下來的死前訊息是『吾郎』兩個字。可是為什麼是『吾郎』呢？為什麼不是『和夫』呢？如果殺害絹江夫人的犯人試圖要嫁禍給誰的話，和夫不是比吾郎更適合嗎？因為事件當天，和夫在晚餐的餐桌上，和絹江夫人大吵了一架，而且還順勢說出『我要宰了妳』這種恐嚇的話。我認為對犯人而言，沒有比和夫更理想的代罪羔羊了。」

「這倒也是。明明有和夫這個最適當的人選，犯人卻選擇了吾郎。這是為什麼呢？」

「是。這時我想到了兩種可能性。第一個可能，是和夫自己就是殺害絹江的犯人。」

「畢竟要偽造死前訊息，絕不會寫自己的名字嘛。可是和夫有不在場證明。雖然是不倫之戀的女方證詞，但他的不在場證明還算可信。」

「是的。所以另一個可能性就浮出水面了。」

「另一個可能性？」

「就是犯人並不知道和夫曾說過『我要宰了妳』這句話。如果沒有聽到這句話，自然就不會產生要嫁禍給和夫的想法。那麼，不知道和夫說過這句話的人，又會是誰呢？」

「原來如此，所以才會想到是前田啊。宅邸裡的人，只有前田沒有同桌用餐。獨自一人在別邸用餐的前田，並不知道晚餐時發生的大騷動。」

駕駛座上的影山輕輕地點了點頭。看來所有謎題都解開了。麗子已經沒有什麼想要繼續問的問題了。至於其他還不清楚的細節，等到了明天，前田本人應該就會親口說明了吧。時間已經過了午夜，精疲力竭的腦袋已經無法思考了。對了，話說回來，既然過了午夜的話——

麗子突然覺得胃裡空空的，於是便想起了之前沒吃到的鵝肝。手錶指向凌晨兩點，正是讓人忍不住想吃消夜的時間。

「欸，影山。」麗子朝駕駛座探出身子說。「你肚子餓不餓？」

不過影山連眉毛都沒動過一下。「我並不覺得特別餓。」並且像平常一樣愛逗弄人的這麼回答。「不過大小姐若是有想去的地方，那就請您帶路吧。可是，有提供鵝肝的餐廳現在已經休息了。」

「這倒也是。」麗子一瞬間陷入沉思，然後突然想到一個有趣的問題。「欸，影山，你有沒有常去哪家店啊？」

「您說我嗎？」影山似乎嚇了一跳般沉默了幾秒鐘，然後給了一個就他而言相當意外的答案。「當然有。」

「騙人？真的有嗎？哪裡、哪裡、在哪裡？很近嗎？半夜也有開嗎？是什麼樣的店啊？」

為什麼自己會異常興奮呢？這點就連麗子本人也不清楚。如果硬要說的話，大概是因為她從來沒想像過影山平常用餐的樣子，所以麗子不由得興起了好奇心吧。面對這樣的麗子，影山也用帶著些許興奮的語氣吹噓著。

「那是隱藏在五日市市街旁的名店呢。在上海習藝多年的主廚，使用國產上等食材，再以珍藏的醬汁與不外傳的烹調方法，調理成極致珍品——」

「是中華料理啊！」

「是的。」影山在駕駛座上自信滿滿地點了點頭。「是最強的中華拉麵。」

「中華……拉麵？」影山出人意表的選擇，讓麗子不禁啞口無言。接著她拚命憋住不知道為什麼不斷湧上心頭的笑意，好不容易才抬起頭來。然後，麗子帶著很有大小姐風範的開朗笑容，以略帶做作的語氣，對駕駛座上的管家這麼說：

「好像是家很有趣的店呢。可以馬上帶我去嗎？」

「遵命，大小姐。」

影山恭敬地這麼回答後，便猛轉方向盤，同時用力地踩下油門。

在這彷彿整個國立市都陷入沉眠的寂靜夜晚，輕快的引擎聲響了起來。

載著大小姐與管家的豪華禮車，一路疾駛向令他們垂涎的深夜晚餐。

逆思流

推理要在晚餐後

（原名：謎解きはディナーのあとで）

作者／東川篤哉　插畫／中村佑介　譯者／黃健育
榮譽發行人／黃鎮隆
執行長／陳君平
協理／洪琇菁　國際版權／黃令歡、梁名儀
執行編輯／呂尚燁　美術編輯／李政儀
企劃宣傳／楊玉如、洪國瑋、施語宸
發行／英屬蓋曼群島商家庭傳媒股份有限公司城邦分公司　尖端出版
台北市中山區民生東路二段一四一號十樓
電話：（〇二）二五〇〇—七六〇〇（代表號）
傳真：（〇二）二五〇〇—一九七九
中彰投以北經銷（含宜花東）／楨彥有限公司
電話：（〇二）八九一九—三三六九
傳真：（〇二）八九一四—五五二四
雲嘉經銷／威信圖書有限公司　嘉義公司
電話：（〇五）二三三—三八五二
傳真：（〇五）二三三—三八六三
南部經銷／威信圖書有限公司　高雄公司
電話：（〇七）三七三—〇〇七九
傳真：（〇七）三七三—〇〇八七
香港總經銷／城邦（香港）出版集團有限公司
香港灣仔駱克道193號東超商業中心1樓
電話：（八五二）二五〇八—六二三一
傳真：（八五二）二五七八—九三三七
E-mail：hkcite@biznetvigator.com
馬新總經銷／城邦（馬新）出版集團　Cite(M)Sdn.Bhd.
E-mail：Cite@cite.com.my
法律顧問／王子文律師　元禾法律事務所
台北市羅斯福路三段三十七號十五樓
二〇一一年八月一版一刷
二〇二二年五月一版二十九刷

■中文版■

郵購注意事項：
1. 填妥劃撥單資料：帳號：50003021戶名：英屬蓋曼群島商家庭傳媒(股)公司城邦分公司。2. 通信欄內註明訂購書名與冊數。3. 劃撥金額低於500元，請加附掛號郵資50元。如劃撥日起 10～14日，仍未收到書時，請洽劃撥組。劃撥專線TEL：(03) 312-4212 ・ FAX：(03) 322-4621。E-mail：marketing@spp.com.tw

國家圖書館出版品預行編目資料

推理要在晚餐後 / 東川篤哉 著 ; 黃健育 譯.
—1版.—臺北市：尖端出版, 2011.08
面 ; 公分.—(逆思流)
譯自：謎解きはディナーのあとで
ISBN 978-957-10-4560-3(平裝)

861.57　　100008678